Sharon von Wietersheim

# Immenhof

DAS ABENTEUER EINES SOMMERS

Ravensburger Buchverlag

Bibliografische Information der Deutschen Nationalbibliothek:

Die Deutsche Nationalbibliothek verzeichnet diese Publikation in der Deutschen Nationalbibliografie. Detaillierte bibliografische Daten sind im Internet über *http://dnb.d-nb.de* abrufbar.

MIX
Papier aus verantwortungsvollen Quellen
FSC® C114500
www.fsc.org

1 2 3 4 5 E D C B A

Originalausgabe

Text: Sharon von Wietersheim



Printed in Germany

ISBN 978-3-473-49142-1

www.ravensburger.de

# Prolog

*Wie ein roter Feuerball stand die aufgehende Sonne halbrund am Horizont. Der Wind raschelte durch das hohe, trockene Gras. In dem feinen morgendlichen Dunstschleier formte sich eine dunkle Silhouette, das Trommeln von Hufen dröhnte dumpf auf der Erde.*

*Ein schwarzes Pferd wurde sichtbar, löste sich aus dem Dunst, jagte mit dem Wind dahin. Weit holten seine langen schlanken Beine aus, ohne jede Anstrengung flogen sie über den Boden. Die Muskeln spielten unter dem schwarzen Fell, das wie Seide im frühen Tageslicht schimmerte. Der Hengst schien die Freiheit zu genießen, im rasenden Lauf machte er ein paar übermütige Bocksprünge. Wie Wellen flossen die Be-*

*wegungen durch seinen Körper und ließen Mähne und Schweif tanzen.*

*Jetzt erreichte der Schwarze den Waldrand. Kurz hob er den Kopf, mit einem leichten Zittern weiteten sich seine geblähten Nüstern noch ein wenig mehr. Dann preschte er ohne zu zögern hinein in das kühle, duftende Grün. Doch nach wenigen Sprüngen gabelte sich der Weg. Der Hengst wurde langsamer und hob den Kopf. Sein Blick ging nach links, dann nach rechts. Welchen Pfad sollte er nehmen?*

Lous Herz verkrampfte sich im Schlaf. In ihrem Traum flog sie mit dem schwarzen Pferd dahin, sah die Welt mit seinen Augen, spürte seine Kraft und Lebendigkeit in jeder Faser ihres Körpers.

*Der Hengst entschied sich für den linken Pfad. Lou wollte ihn daran hindern, wusste jedoch nicht wie. Von beiden Seiten ragten Äste in den schmalen Weg, peitschten Schultern und Flanken des Hengstes. Immer wieder duckte er tief den Kopf, um seine Augen zu schützen. Plötzlich tat sich in einiger Entfernung etwas Schwarzes vor ihm auf, ein dunkles Loch, hinter dem das Nichts gähnte. Der Hengst hielt darauf zu, ohne seine Geschwindigkeit zu drosseln.*

Lou schrie auf. Ihre Hände ballten sich zu Fäusten, sie stöhnte. Aus weiter Entfernung hörte sie eine helle Stimme.

„Lou! Lou, wach auf! Du hast schlecht geträumt!“

Keuchend riss Lou die Augen auf. Ihr Herz raste, sie war nass geschwitzt. Benommen sah sie sich um. Sie lag in ihrem Bett. Blasse Sonnenstrahlen fielen durch die luftige Gardine vor dem Fenster.

Vor ihr stand Emmie, ihre kleine Schwester, im Schlafshirt und mit wirren Haaren.

Lou richtete sich auf und strich sich eine Strähne ihrer langen dunklen Haare zurück, die an ihren Schläfen klebten.

„Du bist ja ganz nass!“ Emmie trippelte von einem Fuß auf den andern, der Holzboden war kalt. „Schon wieder von ihm geträumt?“

Lou nickte nur. Dieser Albtraum kehrte mittlerweile regelmäßig wieder. Sie schlug die Decke zurück, stand auf und schlang fröstelnd die Arme um ihren Körper. „Wenn ich nur wüsste, was es bedeutet und wer er ist.“

Emmie nutzte den Moment und hüpfte in das vorgewärmte Bett. „Papa hat auch immer von Pferden geträumt, erinnerst du dich?“

Schlagartig zog sich Lous Magen zusammen. Ihr Vater war vor ziemlich genau vier Jahren gestorben. Damals war sie zwölf gewesen, so alt wie Emmie heute. Noch immer tat es weh, wenn jemand auch nur seinen Namen erwähnte. Er fehlte ihr so sehr.

„Vielleicht steht er eines Tages vor dir, ganz plötzlich!", plapperte Emmie weiter. Sie war immer noch bei dem schwarzen Hengst.

Lou blickte auf ihr Handy. Es war kurz vor sechs – eigentlich früh, denn sie hatten Ferien. Aber den Pferden war das egal, sie warteten auf ihr Futter. Lou schnappte sich ihre Klamotten und ging ins Bad, das sich zwischen ihrem und Emmies Zimmer befand.

In dem großen alten Herrenhaus des Immenhofs gab es reichlich Platz. Besonders das obere Stockwerk mit den großen, hellen Zimmern hatten die Mädchen von Anfang an geliebt. Hier hatten sie sogar direkten Blick auf die weitläufigen Pferdekoppeln rundum.

„Meinst du, er flüchtet vor etwas?" Emmie gab nicht so schnell auf. „Hauptsache, sie bekommen ihn nicht!"

Lou hielt kurz inne. Die Bilder aus ihrem Traum

tauchten wieder vor ihr auf, sie sah das seidige Fell des Pferdes und darunter die geschmeidigen Muskeln. „Er ist unendlich schön, nicht von dieser Welt!“

Emmie seufzte abgrundtief. „Wenn ich doch auch mal so was Aufregendes träumen würde!“

# Kapitel 1

Tautropfen funkelten wie winzige Diamanten an den Spitzen der Grashalme. Über den weitläufigen Koppeln lag Stille, nur ab und zu zwitscherte ein Vogel. Die aufgehende Sonne tauchte die Wipfel der angrenzenden Bäume in ein weiches Licht.

Langsam erwachte der Immenhof zum Leben. Pferde streckten ihre Köpfe aus den Fenstern ihrer Boxen und wieherten erwartungsvoll, als Lou aus der Haustür trat. Mit schnellen Schritten eilte das Mädchen über den gepflasterten Innenhof. Ihr erstes Ziel war der alte Stall, das Zuhause der Islandponys.

Auf den ersten Blick wirkte der Immenhof herrschaftlich und romantisch. Neben dem riesigen Herrenhaus mit seinen Erkern und Türmchen gab es mehrere Nebengebäude, Stallungen und Scheunen, alle weiß gestrichen und rot gedeckt, teilweise mit hübschen Rundbögen und Sprossenfenstern. Der Innenhof war so groß, dass er Platz für eine kleine Koppel und einen gemauerten Brunnen bot. Die Zufahrt wurde begrenzt durch drei große alte Torbögen, vor denen Rosenbüsche wuchsen.

Erst bei genauerer Betrachtung wurde klar, dass der Hof seine besten Tage längst hinter sich hatte. Die Fensterläden des Herrenhauses waren ausgeblichen, manche hingen schief in den Angeln. Überall bröckelte der Putz, zwischen dem Pflaster spross Unkraut, auf den Dächern wuchs Moos. Ein uralter Anhänger parkte vor der Scheune, zusammen mit einem rostigen roten Pick-up. Ausrangierte Möbel und Werkzeuge waren notdürftig unter Vordächern verstaut.

All das fiel Lou schon gar nicht mehr auf. Auch der baufällige Isländerstall, an dem sich seit den 60er-Jahren des letzten Jahrhunderts wenig verändert hatte, störte sie nicht. Im Gegenteil, sie liebte das graue, angenagte Holz der Boxenwände, das diffuse Licht, das durch die morsche Tür und die kleinen Fenster fiel und die tanzenden Staubpartikel beleuchtete.

Die großen Boxen wurden nur mit Stangen zur Stallgasse abgetrennt. In einer Ecke schaukelte ein Traumfänger, dessen silbrige Fäden in den Sonnenstrahlen funkelten.

Lou lächelte. Diesen Moment liebte sie. Ein ganzer langer Tag auf dem Immenhof lag vor ihr.

Sie ging zu der Futtertruhe, in der ein paar halb leere Hafersäcke, Kleie und Mineralfutter lagerten. Getrocknete Kräuter hingen zu kleinen Sträußen gebündelt von der Decke. In dem Regal darunter befand sich ein Sammelsurium von Tiegeln und Bechern mit speziellen Futterzusätzen.

Lou holte Eimer hervor und begann das Futter für die 40 Pferde zuzubereiten. Eine Liste brauchte sie nicht, sie hatte genau im Kopf, wie viel und was jedes Pferd bekam.

Zwanzig Minuten später lief sie mit den Futtereimern zu den Großpferden im anderen Stalltrakt hinüber – und bekam prompt Gesellschaft. Krümel, das braun gescheckte ehemalige Zirkuspony, folgte ihr hungrig und stieß sie auffordernd mit der Nase an. Dicht dahinter trottete Mikro, das winzige schneeweiße Fohlen, das von Krümel adoptiert worden war.

Lou lachte und wuschelte zärtlich durch die dichten Ponymähnen. „Ihr bekommt am Schluss, das wisst ihr doch.“

Sie schlüpfte in den dämmrigen Stall und begann routiniert das Futter in die Krippen zu verteilen, begleitet vom aufgeregten Brummeln und Stampfen der Pferde.

Lou war unendlich dankbar, dass sie, Emmie und ihre große Schwester Charly nach dem Tod ihres Vaters auf dem Hof wohnen bleiben durften. Immenhof war ihr Leben! Lou liebte jedes einzelne Pferd hier, auch wenn einige alt, krank und gebrechlich waren. Ihr Vater hatte viele von ihnen vor dem Abdecker bewahrt. Auf dem Immenhof sollten sie in Ruhe und Frieden ihren Lebensabend genießen dürfen. Lou stand mit ganzem Herzen hinter der Idee ihres Vaters. Auch wenn ihr im Laufe der letzten Jahre klar geworden war: Für einen Gnadenhof brauchte man vor allem eins, und das war Geld.

Lou seufzte und schaufelte eine letzte Schippe Hafer in die Krippe von Magic, einem Ex-Rennpferd. Mittlerweile hatten die Schwestern echte Probleme, die monatlichen Rechnungen zu zahlen. Futter und Tierarzt verschlangen Unsummen. Weder Lou noch Charly oder Emmie wussten, wovon sie die nächste Heu- und Strohlieferung bezahlen sollten. In spätestens zwei Wochen musste ihnen etwas einfallen, sonst … Darüber wollte Lou gerade lieber nicht nachdenken.

Sie lief zurück und begann eine Spezialportion zuzubereiten. Konzentriert mischte sie Honig unter die Reste des Schwarzkümmelöls und gab vier Hände Hafer dazu. Kaum hatte sie sich umgedreht, kam Krümel anspaziert und tauchte ihre Nase ohne Umschweife in den Eimer.

„Du bist auf Diät, Fräulein“, schimpfte Lou und wedelte mit den Armen, um Krümel zu verscheuchen. Vergeblich. Ein ordentlicher Happen verschwand in dem gierigen Ponymaul.

Emmie bog mit zwei leeren Eimern auf die Stallgasse ein. Sie hatte ihre langen Haare zu zwei Zöpfen geflochten und eine Basecap aufgesetzt. Weil es heute wieder warm werden sollte, trug sie nur Shorts, eine kurze Bluse und dazu ihre ausgelatschten Lieblingsstiefel. Kopfschüttelnd beobachtete sie, wie Lou nacheinander die verschiedenen Dosen öffnete und mit einem Löffel Pulver und Pellets abmaß. „Was du da immer zusammenmixt!“ Sie stellte ihre Eimer ab. „Wie wär’s noch mit ein bisschen Krötenblut und Krähenfüßen?“

Seelenruhig rührte Lou in ihrer Spezialmischung. „Schwarzkümmelöl ist gut für die Atemwege."

„Und Hafer für den Magen, ich weiß!" Emmie inspizierte die Futtersäcke in der Kiste. „Der Hafer ist so gut wie aus. Wir müssen neuen bestellen!"

Lou erwiderte nichts.

„Eigentlich könnten wir in den Ferien doch länger schlafen, oder?", wechselte Emmie das Thema. Schlafen war zurzeit ihr größtes Hobby. Wenn Lou sie nicht weckte, ratzte sie problemlos bis zehn oder elf.

Doch Lou hatte keine Lust, schon wieder darüber zu diskutieren. „Hast du die Isis gefüttert?", wollte sie wissen. Es war Emmies Aufgabe, sich um die Isländerherde zu kümmern, die schon seit einer gefühlten Ewigkeit auf dem Immenhof lebte.

Ihre Schwester verdrehte die Augen. „Ja!"

„Und sind die Halfter geputzt?"

Emmie hob die Hände und schlängelte sie wie eine indische Tempeltänzerin durch die Luft. „Ich bin doch kein Oktopus!"

In der Tat. Sie war eher so was wie ein Murmeltier. Aber Lou verkniff sich eine Erwiderung.

„Du, Lou", begann Emmie nach einer schweigsamen Minute. „Der neue Helfer … Was hat der eigentlich angestellt?“

Vor ein paar Wochen hatten sie erfahren, dass Immenhof einen neuen Stallburschen bekommen würde. Eigentlich super – nur dass der Typ kein richtiger Stallbursche war, sondern jemand, der Sozialstunden ableisten musste. Emmie wusste genau, was das hieß: Er hatte irgendein krummes Ding gedreht.

Lou nahm die beiden Eimer und lief zur Tür. „Er hat zu viel gefragt“, witzelte sie.

Emmie beeilte sich, ihrer Schwester zu folgen. „Aber was, wenn er ein Drogendealer ist – oder ein Mörder?“ Ihre Augen wurden vor Schreck kugelrund.

„Oder einer, der kleine Kinder verschleppt!“, äffte Lou sie nach.

Emmie warf ihr einen unsicheren Blick zu.

„Mir egal“, erwiderte sie schnell, „ich bin ja nicht mehr klein!“

Lou musste grinsen. Emmie versuchte immer, auf cool und erwachsen zu machen, aber die Fassade wackelte bei der kleinsten Erschütterung.

Die beiden überquerten den geschotterten Feldweg hinter dem Gut und erreichten die Koppel, die im Sommer die Heimat von Lous Stute Holly und Emmies Pony Goldie war. Auf dem Koppeltor hingen noch Sattel und Trense von Lous letztem Ausritt.

Emmie redete ohne Punkt und Komma weiter. Sie hatte nämlich im Internet recherchiert – und eine Menge interessante und ziemlich gruselige Dinge herausgefunden. „Weißt du eigentlich, dass achtzig Prozent aller Massenmörder Einzelkinder sind?“ Vor Entsetzen schüttelte sie so heftig den Kopf, dass ihre Zöpfe flogen. „Dass Charly immer solche Loser holt“, fügte sie noch hinzu, aber es klang eher erschüttert als empört.

Lou drehte sich zu ihr um. „Wir brauchen Hilfe, und er muss Sozialstunden ableisten, Zwerg.“ War doch eine ganz einfache Sache. Sie war froh, dass überhaupt jemand kam.

Emmie stemmte die Hände in die Hüften. „Nenn mich nicht Zwerg!“ Doch kaum hatte sie sich umgedreht und ihr Pony erspäht, wurde ihr Stimme zu einem hellen Flöten: „Hallo, Goldie.“ Mit beiden Händen strubbelte sie durch die Mähne und streichelte jeden Quadratzentimeter der kleinen Islandstute. Schließlich hatten sie sich die ganze Nacht nicht gesehen.

Lou rief leise nach Holly, einer schönen braunen Stute mit weißer Blesse. Doch die reagierte nicht. Statt Lou wie jeden Morgen freudig zu begrüßen, stand sie heute etwas abseits, den Blick in die Ferne gerichtet.

Seltsam, sonst war Holly morgens immer die Erste am Tor. Ohne ihr Pferd aus den Augen zu lassen, raschelte Lou mit dem Futter im Eimer, um die Stute zu locken. Doch selbst die Haferkörner konnten Holly nicht aus ihrer Erstarrung lösen. Irgendetwas dahinten beanspruchte ihre volle Aufmerksamkeit.

Goldie dagegen begrüßte ihre Reiterin mit ganzem Einsatz. Sie brummelte, tänzelte, und weil der Eimer nicht schnell genug parat stand, schnappte sie nach dem Schirm von Emmies Basecap und zog sie ihr vom Kopf.

„Hey, das gibt Punkteabzug in der Hab-dich-lieb-Wertung“, beschwerte sich Emmie, aber sie grinste dabei. Mit geübtem Griff wand sie die Mütze aus den Ponyzähnen, und kaum war Goldie das lästige Ding los, versenkte sie ihr Maul im Hafer.

Auffordernd deutete Lou auf den Eimer, doch Holly ignorierte sie.

„Irgendwie verhält sie sich seltsam heute." Nachdenklich studierte Lou das Gesicht ihres Lieblings. Es war nicht das erste Mal, dass Holly ihr Sorgen bereitete. Schon seit einiger Zeit versuchten sie, die Stute decken zu lassen, doch Holly wurde einfach nicht trächtig. Auch die ganzen Zusatzfuttermittel halfen nichts.

Als hätte sie ihre Gedanken gelesen, trompetete Emmie: „Da kannst du mixen, so viel du willst. Die wird erst trächtig, wenn der Richtige kommt. So 'n Kerl mit Tattoos und Waschbrettbauch!"

Lou schüttelte den Kopf. Emmie hatte wohl mal wieder zu viel in Zeitschriften geblättert. „Tätowiertes Pferd mit Waschbrettbauch, klar!"

„Vielleicht solltest du ihr mal das geben, was alle anderen fressen: Hafer pur!" Emmie steckte Holly, der sie sich nun angenähert hatte, ein Stück Apfel zu. Immerhin darauf ließ Holly sich ein.

„Hör auf, sie ständig mit süßen Sachen zu füttern!" Lou holte Sattel und Trense und begann Holly aufzuzäumen. Wenn Holly sowieso nicht fressen wollte, konnten sie auch ausreiten.

Emmie pustete die Backen auf. „Das ist kein Futter, das sind Vitamine."

Lou warf ihr einen genervten Seitenblick zu,

während sie vorsichtig den Sattelgurt anzog. „Wann wirst du endlich erwachsen?“

Emmie grinste. „Gar nicht. Erwachsenwerden ist was für alte Leute.“

Wie aufs Stichwort erschien Charly, die älteste der drei Schwestern. Mit zwei schweren Werkzeugtaschen bepackt hielt sie am Koppelgatter an. Ihre dunkelblonden langen Haare hatte sie zum Half Bun gebunden. Über Shorts und Top trug sie ein weites offenes Hemd und sah wie immer megalässig aus.

„Hast du die Kammer hergerichtet?“, rief sie in Lous Richtung. „Dieser Leon kommt doch heute!“

Lou nahm die Trense vom Zaun. „Das soll Emmie machen. Ich hab noch krass viel zu tun.“ Hieß so viel wie: Hab keinen Bock und geh lieber reiten.

Charly sah sie nur stumm an. Aber zwischen ihren Augen bildete sich eine steile Falte. „Du kannst dich ruhig mal ein bisschen ins Familienleben einbringen.“

Schweigend nestelte Lou den Genickriemen über Hollys Ohren.

„Und dich nicht immer nur verkriechen“, kam die zweite Ermahnung hinterher.

Seit ihr Vater gestorben war, hatte Charly notgedrungen die Elternrolle übernommen. Dabei war sie selbst erst 22 Jahre alt, und ihr Traumberuf war nicht Gestütschefin oder Ersatzmutter, sondern Künstlerin. Aber sie hatte ihrem Dad versprochen, für Lou und Emmie zu sorgen, bis Lou 18 war. Und diese Aufgabe nahm sie ernst.

Lous blaue Augen funkelten. „Tu ich doch gar nicht!"

„Doch, Lou!", schaltete Emmie sich sofort ein. „Du bist voll der Problemiker! Seit Papa tot ist, kümmerst du dich nur noch um Holly und die anderen Pferde."

Lous Mund klappte auf und wieder zu. Tausend Erwiderungen schossen ihr durch den Kopf. Irgendwer musste sich schließlich um die Tiere kümmern. Papa hätte es so gewollt. Sie fand alles außer Pferden einfach öde.

Aber Lou blieb stumm. Mit zusammengepressten Lippen schwang sie sich auf Hollys Rücken, wendete und trabte an. Im Galopp verschwand sie hinter dem ersten Hügel auf der Koppel.

# Kapitel 2

Lou liebte das Geräusch donnernder Pferdehufe. Für sie bedeutete es Kraft und grenzenlose Freiheit. Der Wind trieb ihr die Tränen in die Augen, als sie eng an Hollys Hals gedrückt über die hügelige Weide preschte.

Hinter sich hörte sie trappelnde Hufe. Emmie und Charly hatten die Pferde rausgelassen, die ihnen jetzt ungestüm folgten. Buckelnd und hakenschlagend kamen sie heran, ihre Augen leuchteten, ihre Nüstern bebten. Holly wurde schneller, sie fühlte sich von der Herde angespornt. Beruhigend legte Lou ihr eine Hand auf den Hals und drehte sich im Sattel um. Ungefähr dreißig Pferde und Ponys, bunt gemischt in Alter und Aussehen, waren jetzt hinter und neben ihnen. Wild flatterten ihre Mähnen im Wind, ihre Hufe trommelten über das Gras. Aber keins wagte Holly zu überholen, die Stute war die unangefochtene Anführerin der Immenhof-Herde.

Jetzt hatten sie den kleinen Fluss erreicht, der die Koppel querte. Glitzernd spritzte das Wasser hoch, als die Pferde durch das knietiefe Wasser galoppierten. Ein paar erfrischende Tropfen landeten auf Lous nackten Armen.

Sanft nahm sie dann die Zügel auf und bremste die braune Stute. Etwas widerwillig fiel Holly in den Trab. Wie von selbst zog sie Richtung Zaun, denn sie wusste, was jetzt kam: Wie Lous Vater damals ritt Lou jeden Morgen die Koppeln ab, um zu sehen, ob alles in Ordnung war. Manchmal riss der Wind Bäume um, die auf den Zaun stürzten. Oder morsche Pfosten knickten beim Schubbern eines Pferdes einfach um. Pferde entdeckten Schlupflöcher schnell, und eine Herde, die ausbrach, war gefährlich.

Lou galoppierte den letzten Hügel hinauf, als sie links von sich tatsächlich eine Zaunstange bemerkte, die sich vom Pfosten gelöst hatte und schief hinunterhing. Ausgerechnet bei dem Zaun, der den

Immenhof vom Nachbargestüt trennte. Dessen Besitzer Mallinckroth war nicht gerade gut auf die Mädchen zu sprechen.

„Oh Mann, langsam geht hier echt alles den Bach runter", murmelte Lou, parierte ihr Pferd durch und glitt von seinem Rücken. Auch die anderen Pferde fielen in den Schritt. Zum Glück hatte Lou gestern schon daran gedacht, Stricke am Sattel zu befestigen. Sie löste ein dünnes Seil, um die gebrochene Stange hochzubinden.

Während Lou den Knoten festzog, hob Holly plötzlich den Kopf und schnaubte. Lou sah auf. Jetzt wiehert ihre Stute und warf unruhig den Kopf hoch. Besorgt suchte Lou mit den Augen die Umgebung ab. Sie wusste, dass es einen Grund für ihr Verhalten geben musste. Waren Tiere in der Nähe, ein Hund oder Reh? Sie folgte Hollys Blick. Da, ein Geräusch, ganz leise und eigenartig.

„Das kommt vom Moor!", meinte Lou und spähte angestrengt auf die mit Bäumen und Büschen bewachsene Fläche, die an die Koppeln grenzte.

Holly schnaubte noch einmal, als wollte sie ihr recht geben.

Wieder hörte Lou etwas, das wie ein Prusten oder Ächzen klang. Kein Zweifel, da draußen war jemand in Gefahr, ein Mensch oder ein Tier! Sie eilte zu Holly und schwang sich wieder in den Sattel. Als sie sich umdrehte, blickten dreißig Augenpaare sie erwartungsvoll an. Die Herde hoffte offenbar, dass das rasante Laufspiel weiterging. Doch Lou klatschte in die Hände. „Auf! Nach Hause!“

Prusten und Kopfschütteln war die Antwort. Ein paar Pferde begannen, demonstrativ am Gras zu zupfen. Aber Lou konnte sie hier in der Nähe des kaputten Zauns nicht gebrauchen. Außerdem musste sie jetzt mit Holly die Koppel verlassen.

„Los! Sofort!“, befahl sie streng und wedelte mit den Armen. Zögernd setzte sich das erste Tier in Bewegung, und schließlich folgten die anderen. Im Gänsemarsch ging es zurück Richtung Hof. Lou atmete auf. Vom Pferderücken aus öffnete sie ein schmales Tor und ritt hinaus, geradewegs dem seltsamen Geräusch nach.

Lou kannte das Moor und alle verschlungenen Pfade darin. Vorsichtig lenkte sie Holly über die schmalen Wege, die sie immer tiefer in die Moorlandschaft führten. Obwohl die Sonne schien, stieg von unten kalte Luft auf. Die Erlen wurden dichter, dazwischen schimmerte Sumpfgras und das bräunliche Wasser der Schlammtümpel. Kein Geräusch war zu hören, weder Vogelgezwitscher noch Wind, der durch die Blätter rauschte. Die einzigen Laute waren das leise Knacken von Zweigen, die unter Hollys Hufen brachen. Lou wusste, dass schon ein falscher Schritt verhängnisvoll sein konnte, denn die Tümpel grenzten oft direkt an die befestigten Wege.

Da, wieder hörte sie ein Ächzen, ein dumpfes Stöhnen. Mit klopfendem Herzen hielt Lou an. Ein paarmal rief sie zaghaft in die Stille, doch niemand antwortete. Sie trieb Holly weiter. Hinter der nächsten Biegung entdeckte sie, was Holly alarmiert hatte: ein Pferd, das bis zum Hals im Moor steckte!

Der Anblick ließ Lou nach Luft schnappen. Das Tier hatte Nüstern und Augen angstvoll aufgerissen. Immer wieder unternahm es zappelnde Versuche, sich zu befreien, aber unerbittlich hielt der Schlamm es fest. Wieder drang ein schmerzvolles Grunzen aus seiner Kehle.

„Oh mein Gott!" Lou atmete tief durch, um sich zu beruhigen. Sie durfte das Pferd nicht noch mehr in Panik versetzen. Der Rappe war über und über mit Schlamm bedeckt. Teilweise war dieser bereits zu einer hellgrauen Schicht getrocknet; ein Zeichen, dass das Pferd schon seit einiger Zeit hier feststecken musste.

Lou stieg ab und ging zum Rand des Tümpels. Dabei ließ sie das erschöpfte Tier nicht aus den Augen.

„Ruhig! Nicht bewegen. Wir holen dich da raus!" Ihre Stimme klang fest, auch wenn sie keinen Schimmer hatte, wie das Rausholen funktionieren sollte.

Erst mal musste sie Holly in Sicherheit bringen. Hastig streifte sie der Stute ein Knotenhalfter über und band sie an einem Baum fest. Dann überlegte sie fieberhaft. Allein konnte sie hier nichts ausrichten. Das Pferd steckte zu weit drin und hatte offenbar selbst schon alles versucht.

„Ich bin gleich bei dir!", murmelte sie. Hastig zog sie ihr Handy aus der Hosentasche und drückte eine Nummer. Zum Glück meldete sich am anderen Ende sofort jemand.

„Matz, Gott sei Dank!", haspelte Lou. „Du musst mir helfen. Ein Pferd steckt im Moor. Bei der kleinen Hütte." Besorgt beobachtete sie das Pferd, das erneut einen Befreiungsversuch unternahm. Aber seine Bewegungen wurden schwächer.

„Bring den Traktor. Hörst du? Und Gurte und

Seile. Schnell. Beeil dich.“ Das Letzte schrie sie beinahe. Sie stopfte das Gerät zurück, rannte zu Holly und löste mit zitternden Fingern die restlichen Seile vom Sattel. In Rekordgeschwindigkeit knotete sie sie zu einem langen Seil zusammen, das sie an Hollys Sattel befestigte. Die Stute stand da wie ein Denkmal. Sie schien zu wissen, um was es ging. Das andere Ende schlang Lou sich um den Bauch. Probehalber ruckte sie am Seil. Es würde ihr Gewicht hoffentlich halten.

So gesichert wollte sie sich in den Tümpel vorwagen. Falls es Schwierigkeiten gäbe, könnte Holly sie wieder rausziehen. Lou wusste, dass sie sehr aufpassen musste. Ein Pferd in Panik war völlig unberechenbar.

Vorsichtig tauchte sie ihren Fuß in die schlammige Brühe. Er versank sofort im sumpfigen Grund. Mühsam kämpfte sie sich voran.

„Keine Angst“, murmelte sie in Richtung des Rappen. „Gleich bist du in Sicherheit.“

Jeder Schritt kostete Kraft. Mit geblähten Nüstern beobachtete das Pferd, wie sie langsam näher kam. Fast hatte sie den Rappen erreicht. Zögernd streckte Lou einen Arm aus und sah in seine dunkel glänzenden Augen. Und plötzlich wurde es ganz still, in ihr drin und auch um sie herum, es war, als wäre eine Glasglocke über diese unwirkliche Szene gestülpt worden. In die Stille hinein hörte Lou den Atem des Pferdes überdeutlich. Er war ruhiger geworden. Lou spürte, dass seine Angst nachgelassen hatte. Seine samtenen Nüstern schnoberten über ihr Gesicht. Zart streichelte Lou den Kopf des Rappen. Und als würde er verstehen, dass Hilfe nahte, wich nach und nach alle Spannung aus seinem Körper, er senkte den Kopf.

Lou blieb dicht bei ihm stehen, bis zur Brust im Schlamm. Die Minuten vergingen. Sie fror. Auch das Pferd zitterte. Bildete sie sich das nur ein oder waren sie bereits ein kleines Stückchen tiefer eingesunken? Lou hatte jegliches Zeitgefühl verloren. Sie hätte nicht sagen können, ob sie erst fünf Minuten oder schon eine halbe Stunde hier drin war. Plötzliche Müdigkeit überkam sie, und auch das Pferd neben ihr schloss erschöpft die Augen. Lou dachte daran, was ihr Vater einmal erzählt hatte: War man im Moor gefangen, führten Kälte und Erstarrung schnell zu Unterkühlung. Und die war genauso lebensbedrohlich wie die Gefahr zu versinken. Sie gab sich einen Ruck. Nein, sie durfte nicht aufgeben. Auf keinen Fall. Lou hob die Hand und streichelte das schlammverklebte Fell auf der Wange des Rappen.

Sie sah zu Holly hinüber. Die schöne Stute hatte den Kopf erhoben und spitzte die Ohren, aber nicht in ihre Richtung, sondern zum Waldrand. Noch bevor Lou etwas sagen konnte, hörte sie ein Motorengeräusch. Endlich!

Matz, ihr bester Freund, holperte auf seinem Quad über den Waldweg heran. Entgeistert starrte Lou ihn an, während er sich über Baumwurzeln und Äste hinweg den Weg zum Rand des Moors bahnte.

„Wo ist der Traktor? Und die Gurte?“, fragte sie statt einer Begrüßung.

Der Junge mit den kurzen blonden Locken sprang vom Fahrzeug und griff nach dem aufgewickelten Seil, das er sich quer über die Schulter gelegt hatte. „Hatte ’ne bessere Idee! Wir ziehen ihn mit dem Quad raus!“

Lous Geduld war auf dem Nullpunkt. „Mit ‚wir‘ meinst du mich, oder?“

Matz musterte Lou. Auch wenn sie keine Miene verzog, konnte er an ihrer Stimme mit seismografischer Genauigkeit feststellen, wie sie drauf war. Nicht gut. Was kein Wunder war.

„Einer muss ja fahren!“, sagte er entschuldigend.

Lou stöhnte. „Aber das Quad hat doch gar nicht genug Power!“

„Quatsch“, winkte Matz ab und band das Seil am Heck fest. Dann warf er ihr das andere Ende zu. Das Pferd zuckte ängstlich zurück, als das Seil an ihm vorbeisauste. Beruhigend klopfte Lou seinen Hals, dann befestigte sie den Strick mit einem Doppelknoten am Halfter des Schwarzen.

„Bereit?“, fragte Matz und schwang sich auf sein Quad.

Lou kontrollierte noch einmal den Knoten. „Ja, aber vorsichtig, kapiert?“

Matz nickte, stieg auf und gab Gas. Im aufgeweichten Boden drehten die Räder sofort durch, Matschbrocken flogen durch die Luft und klatschten Lou und dem Pferd ins Gesicht. In Panik warf das Tier den Kopf hoch und wieherte schrill.

„Matz, hör auf!“ Lou schrie, zwang sich aber gleich darauf zur Ruhe. „Vielleicht sollten wir Hilfe holen. Die Feuerwehr oder die Tierrettung.“ Ihr Atem ging keuchend.

Matz schüttelte den Kopf. „Dafür haben wir keine Zeit, der unterkühlt doch.“ Er legte den Gang ein. „Ich versuch’s noch mal, okay?“

Diesmal fuhr er deutlich vorsichtiger los. Das Seil spannte sich. Das Pferd bemerkte den Zug am Halfter und spielte aufmerksam mit den Ohren.

„Komm, nur einen kleinen Schritt!“, ermunterte Lou und versuchte, es nach vorn zu dirigieren. Das Pferd bewegte die Beine, gleichzeitig zog Matz noch etwas mehr.

„Und jetzt noch einen. Toll machst du das!“, lobte Lou überschwänglich.

Der Schwarze merkte, dass es voranging und strengte sich noch einmal gewaltig an. In Zeitlupe kämpften sie sich durch die zähe Brühe, die sie wie flüssiger Teer umschloss. Endlich erreichten die Vorderbeine des Schwarzen festen Grund. Mit einem gewaltigen Satz rettete das Pferd sich auf den Weg. Zitternd und auf wackligen Beinen stand es da. Lou kletterte hinter ihm aus dem Tümpel, sie war durchweicht bis auf die Knochen, ihre Schuhe gaben bei jedem Schritt ein lautes Schmatzen von sich. Erschöpft streichelte sie über die Kruppe des Rappen.

„Das war echt knapp! Lange hätte er das nicht mehr durchgehalten“, murmelte sie. Hoffentlich war er nicht unterkühlt.

Zusammen mit Matz untersuchte sie das Pferd.

Es war ein Hengst. Und seiner Schönheit tat auch ein Zentner Matsch keinen Abbruch.

„Was ist das für einer?“, fragte Matz, befreite Holly vom Baum und reichte Lou die Zügel.

Lou studierte besorgt das Gesicht des Rappen. Er musste schnell ins Warme, in die Sonne.

„Keine Ahnung. Ich nehm ihn jetzt erst mal mit, bis wir wissen, wem er gehört.“ Sie klopfte ihrer Stute den Hals. „Nicht wahr, Holly?“ Mit den sauberen Zügeln in der einen und dem schmutzigen Seil in der anderen Hand drehte sie sich um und marschierte los.

Verdattert starrte Matz ihr hinterher.

„Hey, Lou!“, rief er. „Bin ja echt froh, dass du und Holly einer Meinung seid!“

Lou, die schon ein Stück entfernt war, antwortete nicht.

„Und was ist mit mir?“, rief Matz. „Immerhin habe ich …“

Jetzt drehte Lou sich doch noch um und warf ihm einen letzten Blick zu. „Du, Matz, informierst die Polizei.“

# Kapitel 3

Das Meer war tiefblau heute, weiße Schaumkronen tanzten über die Wellen, die Sonne funkelte in tausend Lichtpunkten auf der Wasseroberfläche. Für Charly das perfekte Wetter zum Arbeiten. Sie baute Skulpturen, und die kleine Bucht war ihr Lieblingsplatz.

Gerade balancierte sie auf dem Rücken ihrer gigantischen meterhohen Pferdefigur aus Eisen und Holz, die wie ein geheimnisvolles, mystisches Wesen aus dem Wasser ragte. Die Metallplatten waren von Rost überzogen, was sie in warmem Rot leuchten ließ und beinahe samtig, wie Fell, wirkte. Mit einem Schleifgerät bearbeitete Charly letzte Unregelmäßigkeiten an den Metallplatten. Als sie aufblickte, sah sie Lou mit den zwei Pferden herankommen. Charly schob ihre Schutzbrille nach oben, blinzelte – und grinste breit.

„Der Begriff Schlammpackung kriegt da 'ne ganz andere Bedeutung", rief sie.

Lou war kaum wiederzuerkennen, sie sah aus, als hätte sie mit Schokopudding geduscht. Die Farbe des Pferdes rechts neben ihr konnte man nicht mehr genau erkennen, irgendwas zwischen Braun, Grau und Schwarz.

Lou tat, als wäre nichts. „Cool. Nimmt langsam Form an", sagte sie und deutete auf die riesige Skulptur.

Aber Charly ließ sich nicht beirren. Sie betrachtete die beiden Pferde und deutete auf Holly. „Das kenne ich. Aber wer ist das?" Ihr Finger zielte auf den ergrauten Rappen.

Lou betrachtete den Hengst, der brav an ihrer Seite stand, als sähe sie ihn gerade zum ersten Mal. „Keine Ahnung, hab ihn gerade aus dem Moor gezogen."

Charly seufzte tief. Sie hatte das Pferd aus dem Moor gezogen, alles klar. Lou war seit dem Tod ihrs Vaters manchmal etwas seltsam, aber diese Antwort schoss wirklich den Vogel ab.

„Kein weiteres Pferd mehr, Lou!“, sagte Charly eindringlich.

„Keine Angst, ein Pferd wie das hat sicher ’nen Besitzer“, erwiderte Lou freundlich. Vertrauensvoll rieb der Hengst seinen Kopf an ihrer Schulter.

„Stell dir vor, der Zaun ist schon wieder kaputt!“, fuhr sie fort.

Charly kontrollierte die Stelle, die sie gerade geglättet hatte. „Frag Matz. Der freut sich.“

Lou stöhnte innerlich. Matz hier, Matz, da, Matz überall. Der Freund hatte sich auf dem Immenhof unentbehrlich gemacht, aber er machte gleichzeitig alles so, wie es ihm passte – fand Lou jedenfalls.

Charly hob das Schleifgerät und scannte die Stelle, die sie als Nächstes bearbeiten wollte. „Ich kann mich nicht immer um alles kümmern“, rief sie, als Lou sich nicht rührte. „Ich hab einen Abgabetermin, und auch wenn das hier niemand zu interessieren scheint, werd ich ihn diesmal einhalten.“

Lou betrachtete ihre Schwester, die da oben mit den schweren Werkzeugen hantierte und dabei gleichzeitig cool und superhübsch aussah. Charly war schon immer etwas Besonderes gewesen. Ihr Gesicht war so ebenmäßig wie das einer Madonna. Weil das Leben ungerecht war, hatte sie auch noch eine Figur, die Jungs verrückt machte. Lou wusste, dass viele Typen auf Charly standen, aber die hielt alle auf Abstand. Was würde passieren, falls Charly sich irgendwann doch in einen von ihnen verliebte? Würden Emmie und sie weiterhin auf dem Immenhof bleiben dürfen? Schließlich waren sie nur dort, weil Charly für sie sorgte. Lou schob den Gedanken schnell beiseite. Charlys Ziel war gerade ein anderes: die Aufnahme an der Kunstakademie.

„Die können gar nicht anders, als dich aufzunehmen", meinte Lou. „Und dafür helf ich dir auch bei deinem … deinem Ding."

Charly schüttelte den Kopf. „Meinem Ding?" Sie setzte die Brille wieder auf. „Das Ding ist Kunst. Also nix für dich. Flüster du lieber Pferde." Damit hockte sie sich hin und ließ das Schleifgerät aufheulen.

Emmie hatte es sich am Anbindebalken bequem gemacht und putzte Halfter. Zumindest war das der Plan gewesen. Bisher hatte sie die Halfter allerdings nur dekorativ um sich herum verteilt, dazu Bürsten, Lappen und Fettcreme. Um sich für die schwere Arbeit zu stärken, hatte sie ein paar vegetarische Frikadellen aus der Küche stibitzt. Und dann festgestellt, dass es großen Spaß machte, sie mit dem

Hofhund Sammy zu teilen. Immer wieder warf sie dem cremefarbenen Mischling einen Happen zu, der ihn geschickt aus der Luft auffing.

Als sie Schritte hörte, sah sie auf. Ihre Freundinnen Susi und Mia kamen die Einfahrt hochgeschlendert. Beide waren verrückt nach Pferden und verbrachten jede freie Minute auf dem Immenhof.

„Morgen Emmie, dürfen wir helfen?“, rief Susi, die sofort die Halfter erspäht hatte.

Emmie konnte ihr Glück nicht fassen. Jetzt bekam sie auch noch Helfer für die lästige Arbeit. Aber sie musste es geschickt einfädeln. Nachdenklich runzelte Emmie die Stirn. „Weiß nicht. Halfter putzen ist ’ne ziemlich anspruchsvolle Sache.“

Sofort schnappte sich Susi eines der Halfter und einen Lappen und begann es hingebungsvoll zu bearbeiten. „Komm schon! Wir geben uns auch große Mühe.“

Mia nickte wild und sah Emmie fast schon flehentlich an.

Hervorragend, der Plan funktionierte. Emmie reichte auch ihr ein Halfter.

Da klapperten Hufe über den Hof. Lou kehrte von ihrem Ausritt zurück. Allerdings ziemlich verändert. Und mit einem Pferd zu viel. Emmies Kinnlade klappte nach unten. „Wow! Wo kommt ihr denn her?“

Auch Susi und Mia starrten dem seltsamen Trupp mit offenem Mund entgegen.

„Nach was sieht’s denn aus?“, kam es knapp von Lou, die mit den Pferden an ihnen vorbei zum Waschplatz marschierte.

Die Mädchen umringten sie neugierig. Emmie griff nach Hollys Zügeln, während Lou die schlammigen Beine der Stute abspritzte. Als das braune Fell wieder glänzte, nickte sie Emmie zu. „Schau, dass die Koppel überall gut verschlossen ist!“

Eilig dampfte Emmie mit Holly ab. Sie wollte ja nichts verpassen, was den Schwarzen anging.

Lou band den Rappen an einem Balken an. Vorsichtig lenkte sie den Wasserstrahl auf seine Beine und arbeitete sich langsam zum Rumpf vor. Zuerst tänzelte das Pferd, wollte ausweichen, doch als es merkte, dass Lou behutsam vorging und seinen Kopf in Ruhe ließ, begann es die Dusche zu genießen. Spielerisch schnappte es nach den Tropfen, prustete und streckte sich wohlig. Der Wasserstrahl bahnte sich seinen Weg durch das dichte Haar, löste die Krusten und brachte bläulich schimmerndes schwarzes Fell zum Vorschein. Mit einem Schwamm reinigte Lou zum Schluss Nüstern und Augen. Dann trat sie einen Schritt zurück.

„Boa! Der glänzt ja wie Lack", sagte Susi andächtig. Sie war schwer beeindruckt.

Lou nickte. Ihr Findeltier war wirklich wunderschön, ein perfekt gebauter, durchtrainierter Hengst mit einem weißen Stern auf der Stirn. Wer verlor denn so ein Tier im Moor?

Damit er trocknen konnte, beschloss Lou, ihn auf die Koppel neben der von Holly zu bringen.

Offenbar hatte das Pferd den Schock überwunden, leichtfüßig tänzelte es auf dem Weg neben ihr her. Als sie auf der Weide den Strick löste, preschte der Rappe los.

Emmies Augen klebten förmlich an ihm. „Der ist aber schön", sagte sie bewundernd, während sie das Gatter schloss. „Ich glaube, dem gefällt's bei uns!"

Lou lächelte. „Ich glaube auch!"

Laute Musik unterbrach sie. Ein schnittiges knallrotes Cabriolet brauste auf den Hof.

Genervt ließ Lou den Strick fallen. Wer kreuzte denn ausgerechnet jetzt hier auf? Sie brauchte dringend eine Dusche. Der Matsch bröckelte von ihrer Stirn, ihre Klamotten klebten unangenehm feucht am Körper.

Die Musik erstarb, als der Wagen in einer Staubwolke bremste. Am Steuer saß eine junge Frau mit dunklen Haaren und riesiger weißer Sonnenbrille. Ihr Beifahrer war kaum zu erkennen, sein Gesicht wurde von einer grauen Basecap und einer schwarzen Sonnenbrille verdeckt.

Hinter Lou und Emmie bog Charly auf den Hof. Alle drei starrten zum Cabrio.

Der Beifahrer beugte sich gerade zur Fahrerin rüber und küsste sie auf die Wange. Und plötzlich kapierte Lou, wer das war: der neue Stallbursche, Leon.

Charly runzelte die Stirn. „Super, so einer hat uns gerade noch gefehlt."

Die junge Frau war ausgestiegen. Sie trug ein weißes Flatterkleid und hohe Schuhe und sah aus wie ein Model. Sie kritzelte ihre Telefonnummer auf einen Zettel, den sie dem Jungen in die Hand drückte. „Falls das hier doch nicht so dein Ding sein sollte …" Vielsagend blickte sie sich um, „… dann ruf einfach an, okay?"

Der Typ grinste, dann verschwand sein Kopf hinter dem Vordersitz, weil er sein Gepäck ausladen musste.

Charly hatte den kleinen Flirt beobachtet und

musste ebenfalls grinsen. „So wie der sich benimmt, hat der bis heute Händchen gehalten, aber keine Mistgabel."

Emmie kicherte. „Der ist so cool, bei dem wohnen schon Pinguine im Ar…"

Hastig unterbrach Charly sie. „Schon gut, Emmie. Das genügt."

Mit einem Skateboard in der Hand, einem Rucksack über der Schulter und einer großen Reisetasche tauchte der Junge wieder auf. Lässig winkend verabschiedete er sich von der Fahrerin. „Alles klar. Danke fürs Mitnehmen. Melde mich." Dann drehte er sich um. Erst jetzt schien er die drei Schwestern richtig wahrzunehmen.

Um weitere Kommentare von Emmie zu verhindern, ging Charly schnell auf ihn zu und reichte ihm die Hand.

„Hallo Leon, schön, dass du da bist! Wir haben dich schon erwartet."

„Hi, ja, ähm, … danke!" Der Junge fühlte sich sichtlich unwohl. Am liebsten wäre er wohl gleich wieder ins Cabrio gesprungen und vom Hof gebraust.

Lou checkte ihn unauffällig. Er passte überhaupt nicht auf den Immenhof. Die Basecap, die Sonnenbrille, das Skateboard und vor allem dieser obercoole Blick. Als müsste er den drei Landeiern mal zeigen, was Sache war.

„Und das sind meine Schwestern Lou und Emmie“, stellte Charly sie vor.

Leon streifte Emmie mit einem kurzen Blick und blieb dann bei Lou hängen. Schlagartig wurde Lou klar, dass sie immer noch aussah, als wäre sie gerade mit Klamotten in einen Moortümpel gesprungen – was ja, nebenbei bemerkt, auch stimmte.

Leon grinste belustigt, und Lou fühlte sich plötzlich unsicher. Blödmann.

Zum Glück redete Charly schon weiter.

„Lou zeigt dir dein Zimmer.“

Na toll. Lou tat, als hätte sie nichts gehört und rührte sich nicht von der Stelle. Sollte der Typ sein Zimmer doch selbst suchen. Das Haus war groß, da wäre er für eine Weile beschäftigt.

Ungeduldig schnipste Charly mit zwei Fingern vor ihrem Gesicht. „Hallo, Erde an Lou!“

Genervt schlug Lou ihre Hand weg. „Schon gut, Charly! Krieg dich ein!“ Ohne ein weiteres Wort stapfte sie los, und Leon blieb nichts anderes übrig, als hinter ihr herzudackeln.

# Kapitel 4

Schweigend liefen die beiden über den Hof. Leon sah sich um. Links auf der Koppel graste eine Herde Islandponys. Der ehemals grün gestrichene Zaun war fast grau und dazu morsch, die Scheune gegenüber glich einer Ruine. Sein Gesicht sprach Bände.

„Und das ist also der berühmte Immenhof?" Davon hatte seine Oma doch immer so geschwärmt.

Lou war sauer, dass er so respektlos über ihr geliebtes Zuhause redete. „Nee, das ist der Kensington Palace. Der Immenhof liegt da drüben", blaffte sie ihn an.

Erstaunt sah Leon sie von der Seite an. Lou war

echt schlecht gelaunt. Dabei fand er sie hübsch, trotz ihres bizarren Aufzugs. Und auf den Mund gefallen war sie auch nicht.

Als sie an den Isis vorbeikamen, drehte eins der Ponys sein Hinterteil zum Zaun und ließ einen großen, dampfenden Haufen fallen.

Leon rümpfte die Nase. „Da hat ich echt 'nen anderen Film im Kopf. Dachte, der Immenhof ist so 'n richtig fettes Gestüt und nicht so eine abgefuckte Bretterbude!"

Lou ballte die Fäuste. Was fiel diesem Typen eigentlich ein? Luxusurlaub auf dem Gestüt konnte er drüben bei Mallinckroth buchen, hier war Arbeiten angesagt. Langsam stieß sie die Luft wieder aus. Okay, sie mussten wirklich mal wieder renovieren. Die ausgeblichenen Fassaden, die geflickten Zäune … Aber sie hatten einfach kein Geld für Äußerlichkeiten!

„Immerhin gibt's hier keine Gitterstäbe vor den Fenstern", holte Lou zum Gegenschlag aus. Ihr Vater hatte alles dafür getan, die Pferde so tierfreundlich wie möglich zu halten, und dazu gehörte auch der Kontakt zu Artgenossen.

Leon nahm die Sonnenbrille ab. Seine Augen waren hellbraun, wie Bernstein, bemerkte Lou und wurde mit einem Mal verlegen. Hastig wandte sie sich ab.

Von der Einfahrt näherte sich Motorenlärm. Vier SUVs rauschten hintereinander durch das Tor. Verwirrt sah Lou ihnen entgegen. Hatte sie was verpasst? Staatsbesuch, FBI, CIA? Hinter den schweren Geländewagen rollte ein gigantischer silberner Pferdetransporter in den Hof und hielt vor einem der Nebengebäude.

Mit dem Smartphone am Ohr stieg Jochen Mallinckroth aus einem der Geländewagen.

Lou hielt die Luft an. Auch das noch. Mallinckroth war früher der Geschäftspartner ihres Vaters gewesen. Lou hatte ihn immer unheimlich gefunden. Er musste beinahe sechzig sein, sah aber immer noch gut aus – wenn man auf brutale Typen stand. Gefühle schienen ihm fremd zu sein. Für ihn zählte nur der Erfolg. Sein Rennpferdegestüt war in ganz Deutschland bekannt.

Krümel kam angetrippelt und wollte den Besucher begrüßen. Doch Mallinckroth schob das Pony barsch zur Seite und telefonierte einfach weiter.

Die Türen der anderen Autos klappten auf, und eine ganze Armada von Mitarbeitern stieg aus. Alle trugen elegante dunkle Polohemden, die mit dem Logo des Gestüts bestickt waren, dazu beigefarbene Hosen. In dem Outfit wirkten sie allerdings eher wie Sicherheitsleute und nicht wie Pferdepfleger, fand Lou.

Jetzt öffneten sich auch die Türen des Transporters, auf dem ebenfalls überdeutlich das Mallinckroth-Logo prangte: ein Wappen mit einem M, darüber vier Sterne und ganz oben eine Krone.

Viktor, Mallinckroths Manager, und Runa, die erste Trainerin, kletterten aus der Fahrerkabine und hefteten sich an die Fersen ihres Chefs. In der gleichen Sekunde trat Charly aus dem Haus. Die Ankunft der Kolonne war nicht zu überhören gewesen. Hinter ihr drängte sich Emmie durch die Tür. Lous kleine Schwester guckte ängstlich. Mallinckroth war nicht zum Kaffee vorbeigekommen, so viel war allen klar.

Endlich beendete der Gestütsbesitzer sein Telefonat und steckte sein Smartphone ein. Wie immer trug er einen maßgeschneiderten Anzug und ein weißes Hemd. Seine Haare waren so kurz rasiert, dass er beinahe kahl wirkte. Umgehend kam er zur Sache.

„Ich bin hier, um mein Pferd abzuholen“, sagte er

in scharfem Ton und durchbohrte Charly mit seinem Blick.

Charly holte tief Luft, blieb aber ruhig.

„Guten Tag, Herr Mallinckroth“, erwiderte sie freundlich. „Ich weiß nicht, wovon Sie sprechen.“

Lou ging näher. Ein ungutes Gefühl breitete sich in ihr aus.

„Das wissen Sie ganz genau!“, sagte der Gestütsbesitzer und kam drohend näher. Mit einem Blick auf seine Uhr fuhr er fort: „In einer Viertelstunde findet bei mir eine Pressekonferenz statt. Und Sie halten es nicht für nötig, mich darüber zu informieren, dass mein Hengst sich in großer Gefahr befindet.“

Charly öffnete den Mund, um etwas zu erwidern, aber Mallinckroth schimpfte schon weiter. „Aber eines sage ich Ihnen: Sollte ihm auch nur das Geringste zugestoßen sein, mache ich Sie persönlich dafür verantwortlich!“ Sein Zeigefinger fuchtelte wütend in Charlys Richtung.

Einen Moment lang herrschte Stille. Dann meldet sich eine Stimme zu Wort: „Sie vergreifen sich im Ton. Oder sind Sie immer so unfreundlich?“

Leon! Mit offenem Mund starrte Lou ihn an. Auch Mallinckroths forscher Gesichtsausdruck verrutschte. Widerspruch war er offenbar nicht gewohnt.

Hastig mischte sich jetzt Viktor ein. Der große schlanke Mann mit dem jungenhaften Gesicht versuchte Charly zu erklären, worum es ging.

„Cagliostro, Herrn Mallinckroths neues Rennpferd, befindet sich auf eurem Grundstück."

Wie ein Blitz durchfuhr es Lou, als sie den Namen hörte. Der berühmte schwarze Hengst, der das Derby gewonnen hatte!

Emmie, die mittlerweile neben ihr stand, zupfte sie am Ärmel. „Cali-wer?"

Auch Charly sah sie ratlos an. Sie schien keinen Schimmer zu haben, dass es sich um einen der berühmtesten Galopper Europas handelte.

Lou zog die Schultern hoch. „Er steckte im Moor, und ich hab ihn rausgezogen. Ich wusste nicht, wem er gehört."

Mallinckroth fuhr herum und sah sie entgeistert an. Wer war diese schmutzige Vogelscheuche? Erst nach einem kurzen Moment erkannte er Lou.

„Du wusstest nicht, wem er gehört?", fragte er sarkastisch. „Ja, wem gehören denn die Pferde im Umkreis von zehn Kilometern, die laufen können und etwas wert sind?"

Weder Lou noch Charly fiel auf diese Unverschämtheit etwas ein. Mallinckroth wütete schon weiter. „Natürlich nicht die Lahmen und Abgewrackten. Die gehören hierher, auf den Immenhof."

Lou wich unwillkürlich einen Schritt zurück. Es tat ihr fast körperlich weh, wie dieser Mann über ihre Pferde sprach.

Leon dagegen schob sich weiter nach vorne und baute sich vor dem Mann auf. „Und zu welcher Kategorie gehört dann ein Pferd, das im Moor steckt? Zu den Lahmen oder zu denen, die laufen können?"

Diese Unverschämtheit musste Mallinckroth erst mal verdauen. Stumm musterte er den jungen Mann. Auch die Augen von Runa, der blonden jungen Trainerin mit dem Schmollmund, hefteten sich überrascht auf Leon.

„Euch ist wohl nicht klar, welcher Schaden ihm mit so einer Aktion zugefügt werden kann?", fragte Mallinckroth schließlich. Er hatte beschlossen, Leon einfach zu ignorieren. „Ihr hättet Hilfe holen müssen, professionelle." Das letzte Wort spuckte er regelrecht aus.

Charly stellte sich neben Lou. „Meine Schwester hat das getan, was sie für richtig hielt!"

Lous Wangen brannten. Sie hätte sich so gern

verteidigt, hätte von der dramatische Rettung erzählt, doch die Worte blieben ihr im Hals stecken.

„Ich warne euch!“ Mallinckroth bedachte die beiden Schwestern mit einem eisigen Blick. „Ihr seid so arrogant wie euer Vater! Der dachte auch immer, er wüsste alles besser.“

Langsam riss Charly der Geduldsfaden. Sie hatte wirklich anders zu tun, als stundenlang mit diesem Verrückten zu diskutieren. „Es ist Ihr Pferd, also sind Sie für seine Sicherheit verantwortlich“, sagte sie scharf und streifte Viktor mit einem vorwurfsvollen Blick. „Lou wollte nur helfen!“

Der Manager senkte betreten den Kopf, doch Mallinckroth dachte nicht daran, einzulenken. „Helfen? Mir muss man nicht helfen!“, stieß er hervor. Er drehte den Kopf und musterte die verfallenen Gebäude. „Im Gegensatz zu euch! Ihr seid doch nur noch hier, weil ich so gutmütig bin. Aber damit ist jetzt Schluss. Ich habe die Nase voll.“ Seine Nasenflügel bebten vor Empörung. „Voll von euch und eurem verdammten Gnadenhof.“

Lous Magen krampfte sich zusammen, und Emmie versteckte sich hinter Charly.

„Und jetzt will ich meinen Hengst! Auf der Stelle!“ Sein Ton ließ keine Widerrede zu.

Verstört drehte Lou sich um und lief schnell Richtung Koppel. Der Mallinckroth-Tross folgte ihr schweigend.

Doch schon aus einiger Entfernung bemerkte Lou, dass der Hengst verschwunden war. Die Koppel war leer. Das durfte nicht wahr sein! War heute die versteckte Kamera auf dem Immenhof? Panik stieg in Lou hoch.

„Gerade … war er noch hier“, brachte sie heraus.

Mallinckroth sah als, als wollte er jeden Moment explodieren. „Was soll das heißen? Dass er sich in Luft aufgelöst hat?“

Lou wusste nicht, was sie antworten sollte. Hilflos wanderte ihr Blick rüber zu Hollys Koppel. Es dauerte einen Moment, bis sie ihren Liebling weit hinten erspähte. Sie galoppierte übermütig am Zaun entlang. Und sie war nicht allein. Hinter ihr lief ein schwarzes, langbeiniges Pferd.

Lou kniff die Augen zusammen. Falls Goldie nicht schlagartig eine wundersame Wandlung durchgemacht hatte, gab es nur eine Erklärung – das da hinten war Cagliostro. Irgendwie war er auf die Nachbarkoppel geraten.

„Da ist er!“, rief sie erleichtert.

Mallinckroth folgte ihrem ausgestreckten Arm.

Als er Holly neben seinem Augenstern bemerkte, wäre er fast in Ohnmacht gefallen. Diese Jansens hatten wirklich überhaupt keine Ahnung. Stellten einen Hengst und eine Stute zusammen auf die Koppel, unfassbar!

Lou tat, als wäre nichts und öffnete das Gatter.

Charly stieß sie in die Seite. „Der ist doch nicht über den Zaun gesprungen, oder?“

Lou hielt kurz inne und scannte den Zaun zwischen den beiden Koppeln. Nirgends war eine Lücke zu entdecken. Sie nickte unmerklich. Doch, er musste gesprungen sein, auch wenn die Stangen hier verdammt hoch waren.

Runa und einige weitere Mitarbeiter liefen auf die Koppel, um den Hengst einzufangen.

Sie bildeten eine lockere Kette und rückten immer näher an den Rappen heran. Der sah ihnen angespannt entgegen, seine Ohren spielten nervös. Doch kaum waren sie bis auf wenige Meter herangekommen, warf er sich herum und stob davon, mit Holly im Schlepptau.

„Cagliostro, hierher!“, rief Runa und wedelte mit den Armen. Der Hengst reagierte nicht und galoppierte weiter querfeldein. Sein Schweif flatterte hinter ihm her wie eine Fahne, seine schlanken

Beine holten weit aus. Lou hätte es niemals laut gesagt, aber sie genoss den Anblick des flüchtenden Pferdes. Wie schön er war!

Mallinckroth dagegen war die misslungene Aktion offensichtlich peinlich.

„Leute! Ihr werdet doch imstande sein, ein Pferd einzufangen!“, schnarrte er seine Helfer an, die bereits nach Luft rangen.

Damit Holly den Hengst nicht weiter anstachelte und das Einfangen noch schwieriger machte, rief Lou sie zu sich. Kaum hörte die Stute ihren Pfiff, wendete sie und trabte brav zu ihr.

Lou entging nicht, dass Mallinckroth ihr Pferd für einen Moment nachdenklich musterte. Holly war früher in seinem und Robert Jansens Besitz gewesen. Jetzt gehörte sie nur noch dem Immenhof. Mallinckroths Blick war schwer zu deuten, aber er schien den Verkauf der Stute zu bereuen – kein Wunder. Holly war etwas ganz Besonderes.

Als Mallinckroth sah, dass Lou ihn beobachtete, drehte er sich schnell um. „Ich fahre schon mal vor“, brummte er.

Viktor, der ruhig am Gatter stehen geblieben war, nickte. „Wir kommen nach. So schnell wie möglich.“

Wortlos eilte Mallinckroth zurück zu seinem Wagen.

Inzwischen war es den Helfern gelungen, Cagliostro erneut einzukreisen. Der senkte den Kopf und schien zu überlegen, was er tun sollte. Bei der nächsten Bewegung von Runa schlug er einen Haken, drückte sich kraftvoll ab und galoppierte erneut zum anderen Ende der Koppel. Runas Gesicht war mittlerweile knallrot, sie schwitzte.

Ausgerechnet jetzt kam Matz auf seinem Quad angeknattert. Die bösen Blicke ignorierend, rollte er zum Gatter und stellte den Motor ab.

„Ist das seiner?“ Matz deutete mit dem Kinn zu Mallinckroth, der gerade die Autotür öffnete.

Emmie nickte nur.

Langsam schien Viktor genug zu haben von den dilettantischen Versuchen seiner Mitarbeiter. Er trat auf die Koppel und dirigierte die Helfer mit wenigen Worten an ihre Position. In einem weiten Kreis näherten sie sich Cagliostro, dann löste Viktor sich daraus und schlenderte mit bedächtigen Schritten, die Hände in den Taschen, von der Seite auf den Hengst zu.

Cagliostro blieb tatsächlich stehen. Er sah sich nach seiner neuen Freundin um, die bei Lou am

Tor wartete. Auch Holly wandte den Kopf und wieherte in seine Richtung. Viktor nutzte die Ablenkung und griff in Cagliostros Halfter. Geschafft. Aufatmend führte er den Hengst von der Weide.

Am Tor drehte der Rappe sich noch einmal zu Holly um und stieß ein sehnsüchtiges Wiehern aus. Die braune Stute sah ihn unverwandt an. Schließlich senkte Cagliostro den Kopf und ließ sich zum Transporter führen.

# Kapitel 5

Wenn die Crew von Mallinckroth geglaubt hatte, dass nun das Schwierigste hinter ihnen lag, hatte sie sich getäuscht.

Die Helfer versammelten sich neben dem Transporter, und Runa nahm Viktor den Führstrick aus der Hand, um den Hengst persönlich zu verladen. Cagliostro ging auch brav los, doch kurz vor der Rampe stemmte er die Beine in den Boden und wollte keinen Schritt weitergehen.

Runa ruckte energisch am Strick, mit dem Erfolg, dass der Hengst den Kopf hochriss und seine Hufe noch fester in die Erde bohrte. Seine ganze Haltung sagte: Auf gar keinen Fall steige ich in dieses Ungetüm.

„Vielleicht steht er noch unter Schock", meinte Viktor.

Runa presste die Zähne zusammen, dreht mit Cagliostro eine Runde über den Hof und unternahm einen neuen Versuch. Wieder ging der Hengst bis kurz vor die Rampe, aber keinen Millimeter weiter.

Stirnrunzelnd sah Viktor auf seine Uhr. Die Presseveranstaltung, auf der man Cagliostro vorstellen wollte, lief bereits. Runa bemerkte Viktors Ungeduld und zog stärker am Seil. „Jetzt komm schon. Stell dich nicht so an!", herrschte sie den Rappen an.

Lou hätte ihr am liebsten den Strick aus der Hand gerissen. Wusste sie nicht, dass Druck nur Gegendruck erzeugte? So würde sie den Hengst nie in den Transporter kriegen.

Einer der Helfer holte eine Longe vom Fahrersitz. Sie führten die Leine um die Hinterhand des Hengstes und griffen dann zu zweit jeweils ein Ende. So wollten sie das Pferd quasi in den Transporter ziehen. Doch kaum spürte Cagliostro den Druck an seinen Hinterbeinen, sprang er seitlich neben die Rampe. Es rumpelte laut, als seine Hufe gegen das Metall schlugen.

Viktor stand mittlerweile der Schweiß auf der Stirn.

„Vorsicht, Leute! Nicht, dass er sich verletzt. Oder euch!“

Runa holte tief Luft und versuchte noch einmal, den Hengst anzuführen. Als er sich standhaft weigerte, hängte sie sich mit ihrem ganzen Gewicht in das Seil. Das wurde dem Hengst zu viel. Er stieg und brach nach hinten aus.

Erschrocken schlug Lou sich die Hand vor den Mund. „Nein! Bitte nicht!“ Sie fühlte mit dem Pferd, spürte seine Angst vor der Enge.

Die Helfer machten sich bereit, noch einmal an der Longe zu ziehen, die immer noch um Cagliostros Hinterhand lag.

Lou sah die Panik in den Pferdeaugen, die sie jetzt direkt anblickten. Automatisch machte sie einen Schritt auf den Hengst zu, doch die Helfer versperrten ihr den Weg.

„Hört auf! Ihr tut ihm weh“, flehte sie. Tränen stiegen ihr in die Augen.

„Er muss kapieren, wer hier das Sagen hat“, zischte Runa und gab der Crew das Zeichen, die Longe einzusetzen. Lou schrie auf, als sie sah, wie der Gurt tief in Cagliostros Fell schnitt.

Jetzt reichte es Charly. Mit einem Satz war sie neben der Rampe und stemmte die Hände in die Hüften. „Aber nicht auf unserem Hof. Hier werden alle Tiere mit Respekt behandelt“, herrschte sie Runa an.

Die Crew ließ die Longe sinken, unsicher blickten sie zu Viktor. Der seufzte tief, dann nickte er. „Schon gut!“ Er ging zu Cagliostro und streichelte seine Nase.

Es war Runa anzusehen, dass sie wütend über Viktors Einmischung war. Schließlich war *sie* die Trainerin. „Wir können ihm nicht alles durchgehen lassen!“, sagte sie mühsam beherrscht.

Der Manager betrachtete den Hengst, der jetzt ruhig neben ihm stand und an seinem Hemd schnupperte. „Alles nicht, aber ein bisschen schon“, beschloss er.

Der Wind rauschte durch die vier auffälligen Rotbuchen, die den großzügigen Innenhof des Mallinckroth-Gestüts an den Ecken begrenzten. Vor Kopf befand sich das imposante ockerfarbene Haupthaus mit den grünen Fensterläden und den weißen Terrassentüren, rechts und links säumten ordentlich gestutzte Buchsbäume den Hof. In der

Mitte prangte ein riesiger Brunnen mit einem Obelisken, auch er umrahmt von einer akkuraten Buchsbaumhecke.

Unter einem Sonnensegel vor der Terrasse war eine kleine Bühne aufgebaut worden, zu der ein roter Teppich führte. Vor dem Podest saßen zwei Dutzend Presseleute auf Stühlen und hantierten mit Kameras und Mikrofonen. Langsam machte sich Ungeduld breit. Die Pressekonferenz zu dem neuen Star des Gestüts hätte schon vor einer halben Stunde beginnen sollen, aber noch immer ließ Mallinckroth sich nicht blicken.

Endlich bog der Gestütsbesitzer um die Ecke. Mit federnden Schritten eilte er zum Podest, öffnete im Laufen sein Jackett und zwang sich zu einem Lächeln. Ganz Profi entschuldigte er sich mit charmanten Worten für die Verspätung. Dann machte er eine wirkungsvolle Pause – bevor er mit gewichtiger Stimme verkündete, dass von nun an Cagliostro zum Gestüt Mallinckroth gehörte.

Ein Raunen ging durch die Menge. Einer der Journalisten beugte sich mit überraschtem Gesicht zu seinem Kollegen. „Dann hat Dunkin ihn also tatsächlich verkauft?“ Er sah sich um. „Wo ist das Wundertier?“

In der Tat war von Cagliostro weit und breit nichts zu sehen. Auch Mallinckroth hatte keine Ahnung, was genau los war. Viktors Smartphone war aus, und Runa hatte nur gemurmelt, dass der Hengst gleich da sein würde. Während Kellner mit Tabletts Erfrischungen an die Presse verteilten, überlegte Mallinckroth, wie er Zeit gewinnen konnte.

„Wie es mit Ausnahmetalenten manchmal so ist, wollte er heute unbedingt noch einen Ausflug machen“, plauderte er weiter. Das kam der Wahrheit ziemlich nahe.

Ein erneutes Tuscheln war zu hören. Die Presseleute wirkten enttäuscht. „Dann sehen wir ihn gar nicht?“, rief einer.

Mallinckroth blickte leicht verzweifelt zum Eingang. „Doch, natürlich“, sagte er langsam. „Deswegen sind Sie doch gekommen. Um ihn zu sehen.“

Ein anderer Journalist erhob sich. „Dann hat er also keine Probleme?“

Mallinckroth schüttelte den Kopf. Der Einzige, der hier gerade ein Problem hatte, war er selbst. Aber mit der Frage konnte er weitere Zeit schinden. „Wie kommen Sie denn darauf?“, fragte er freundlich.

Geschmeichelt, dass er so ernst genommen wurde, fuhr der Reporter fort: „Nun ja, die Frage stellt sich, wenn man so ein Ausnahmepferd verkauft. Und dass er seinen eigenen Kopf hat, hat er ja schon hinreichend bewiesen."

Ein zweiter Mann meldete sich zu Wort. „In der Tat, und beim letzten Rennen hat er nur mit knappem Vorsprung gewonnen, als er zwischen Mayday und Stronger Feeling eingekeilt war."

Mallinckroth zuckte die Schultern. „Nun, wir wissen alle, Hochleistungssport ist keine Ayurvedakur." Wieder schielte er zur Auffahrt – und hob erstaunt eine Augenbraue. Da kam sein Wundertier, allerdings zu Fuß, neben Viktor. Hatte der Transporter den Geist aufgegeben? Egal, Hauptsache, er war endlich da.

„Cagliostro ist ein Pferd mit Charakter. Und er ist in Topform. Davon können Sie sich jetzt selbst überzeugen", sagte er triumphierend und wies zu dem elektronisch gesicherten Eingangstor, das sich leise surrend noch ein Stück weiter öffnete. „Da kommt er."

Alle Blicken folgten ihm, ein Blitzlichtgewitter setzte ein, die Reporter kritzelten eifrig in ihre Notizbücher.

Viktor führte Cagliostro durch den Pulk Richtung Bühne. Das schwarze Fell des Hengstes glänzte, sein Schritt war kraftvoll und geschmeidig, wie ein Panther bewegte er sich über den roten Teppich.

Der erste Journalist hob noch einmal die Hand. „Dann nimmt er also beim Großen Preis von Deutschland teil?“

Runa, die zu ihrem Chef auf das Podest getreten war, nickte energisch. „Das Derby in München ist das wichtigste Rennen in diesem Jahr. Natürlich wird er teilnehmen!“ Auch wenn sie im Moment nur hoffen konnte, dass sie nicht zu Fuß nach München laufen mussten.

„Dem Nachbargestüt Immenhof gehört Lady Holly“, hakte ein weiterer Journalist nach. „Glauben Sie, dass Cagliostro jemals an den Mythos dieser Jahrhundertstute herankommen wird?“

Mallinckroths Lächeln erstarb. Mit verkniffenem Gesicht erwiderte er: „Ich weiß nicht, ob man ein Springpferd mit einem Rennpferd vergleichen kann“, setzte er an, „aber natürlich ist Holly eine Ausnahmestute. Doch sie ist alt, und ihre Erfolge liegen Jahre zurück.“ Er verstummte. Hilfe suchend sah er seine Trainerin an.

„Was wir damit sagen wollen: Holly ist Vergangenheit, Cagliostro steht für die Zukunft", posaunte Runa hinaus.

Begeistert notierten die Reporter das Zitat. Der Hengst dagegen starrte in die Ferne, er schien in Gedanken weit weg zu sein.

Eine halbe Stunde später war das Spektakel vorbei. Die Kameras waren abgebaut, Stühle und Stehtische weggeschafft, das Podest verräumt. Cagliostro hatte noch ein wenig am Gras zupfen dürfen, aber jetzt wurde es Zeit für die Box. Runa lief mit ihm Richtung Stall, begleitet von einer Sicherheitseskorte, die aus den Pflegern Sven und Morris bestand. Bei Cagliostro konnte man nie wissen, das hatte Runa inzwischen kapiert. In der Tat: Der Hengst folgte ihr brav bis zum Stalltor – und blieb dann wie angewurzelt stehen.

Es ließ sich nicht länger leugnen: Cagliostro hatte ein Problem mit engen Räumen. Auch gestern hatte er sich losgerissen, als sie ihn in den Stall bringen wollten.

Sven stöhnte auf. „Er sieht so harmlos aus, hat's aber faustdick hinter den Ohren."

„Quatsch nicht rum", fuhr Runa ihn an. „Gib mir lieber deine Jacke."

Der Pfleger wusste, was sie vorhatte, und zog folgsam seine Jacke aus. Runa schnappte sie sich und verband damit Cagliostros Augen. Diesen Trick kannte jeder auf der Rennbahn: Wenn das Pferd nichts mehr sah, gab es meist jeden Widerstand auf und folgte.

Nicht so Cagliostro.

Kaum bedeckte der Stoff seine Augen, begann er wie irre den Kopf zu schütteln. Und blieb trotzdem störrisch stehen.

„Wahrscheinlich machen wir's so nur noch schlimmer!", meinte Sven besorgt.

Frust breitete sich auf Runas Gesicht aus. So ein stures Pferd war ihr noch nicht untergekommen. „Hast du 'ne bessere Idee?", fragte sie patzig zurück, um ihre Hilflosigkeit zu überspielen.

Die beiden Männer schüttelten den Kopf.

Noch einmal versuchte sie Cagliostro anzuführen, aber der war zur Salzsäule erstarrt. Mit einem Seufzen zog Runa die Jacke von seinem Kopf. „Was soll ich nur machen? Ich kann ihn doch nicht über Nacht auf der Koppel lassen!"

Sven grinste. „Also, ich hab den Eindruck, das würde ihm gefallen. Fragt sich nur, was Mallinckroth dazu sagt …"

Runa wusste es: Er würde das Pferd für verrückt und sie für unfähig erklären. Das musste sie verhindern.

# Kapitel 6

Die Schwestern und Matz hatten sich mit ihrem unfreiwilligen Gast um die große Tafel im Esszimmer versammelt.

Der sonnige große Raum im Erdgeschoss strahlte immer noch etwas Herrschaftliches aus. Weiße Vorhänge rahmten das hohe Fenster, die Bank davor zierte eine Reiterstatue aus Marmor. An den grau gestrichenen Wänden hingen Skizzen und Gemälde von Charly.

Als ihr Vater noch lebte, hatten sie sich hier mindestens einmal am Tag zu einer gemeinsamen Mahlzeit getroffen, über Gott und die Welt und vor allem über Pferde geredet.

Charly war es wichtig, die Tradition fortzusetzen. „Das hält die Familie zusammen“, war ihr Lieblingssatz.

Heute jedoch war die Stimmung am Tisch gedrückt. Der Zwischenfall mit Mallinckroth und die rüde Behandlung des Hengstes hatten vor allem die Mädchen geschockt. Um ein Gespräch in Gang zu bringen, wandte Charly sich an den neuen Gast.

„Wo in Berlin lebst du, Leon?“

Der Junge saß mit aufgestützten Armen am Tisch und starrte gebannt auf sein Smartphone, das ständig in den verschiedensten Tönen piepste und vibrierte.

„Mitte“, erwiderte er knapp.

Emmie nahm sich noch einen Löffel von der Gemüselasagne, von der sie locker drei Portionen verdrücken konnte.

„Charly will nämlich in Berlin studieren. Kunst“, plapperte sie drauflos. „Sobald Lou achtzehn ist …“

Lou verdrehte die Augen und unterbrach ihre kleine Schwester. „Zu viele Worte, Zwerg!“ Sie war nicht scharf darauf, Leon in die Details ihres Familienlebens einzuweihen.

Matz nickte nur nachdrücklich.

Emmie spähte auf Leons Display. Dort poppten im Sekundentakt Nachrichten von allen möglichen

Social-Media-Seiten auf. Sie staunte. Hatte er wirklich so viele Follower?

„Geht ja ganz schön ab bei dir“, meinte sie.

Leons Finger tippten in rasender Geschwindigkeit auf dem Bildschirm herum. „Hab gerade ’nen Contest auf Twitter laufen.“

Charly warf Lou einen vielsagenden Blick zu, doch die zuckte nur mit den Schultern. Ihre Erwartungen an den Neuen waren nicht allzu hoch gewesen.

Matz dagegen verzog genervt das Gesicht. „Sieht aus, als hätten wir’s mit ’nem Mega-YouTube-Checker zu tun!“, ätzte er.

Leon sah nicht mal auf. „Und, was dagegen?“

Die Mädchen guckten sich an. Was ging denn hier plötzlich ab?

Emmie las den Namen „Larissa“ auf dem Display. Ob das seine Freundin war?

„Voll krass, dass du Empfang hast!“, meinte sie. „Hier wimmelt es vor Funklöchern.“

Jetzt hob Leon doch den Bick. Ungläubig musterte er sie. „Cool. Dann muss ich mir ja nur noch überlegen, wie ich meinen Followern verticker, dass ich auf dem einzigen Fleck der Welt gelandet bin, der kein funktionierendes Netz hat.“

„Wie viele hast du denn?“, bohrte Emmie ungeniert nach.

Konzentriert kaute Leon auf seiner Unterlippe, während er weiter die Posts seiner Fans beantwortete. „Über 280 000“, sagte er beiläufig.

Matz sah Lou an und verdrehte die Augen. „Idiot“ stand in einer Gedankenblase über seinem Kopf.

„Sicher können deine Follower bis nach dem Essen warten.“ Charlys Stimme klang freundlich, aber bis auf Leon war jedem am Tisch klar, dass das eine deutliche Ansage war. Weil der Junge nicht reagierte, übersetzte Matz für ihn.

„Heißt im Klartext: Steck endlich das verdammte Ding weg! Wir haben alle gecheckt, dass du ein ganz Cooler bist.“ Er war laut geworden, und das kam nicht oft vor.

Aber auf Leon hatte der kleine Ausbruch keinerlei Wirkung. Er tippte einfach weiter.

Emmie beschloss, schnell das Thema zu wechseln. „Dieses Pferd, wie heißt es gleich noch mal?“, fragte sie Lou.

Natürlich hatte Lou den Namen behalten. Was Pferde betraf, vergaß sie nicht das kleinste Detail. Man hätte sie auch mitten in der Nacht wecken können, und sie hätte neben Cagliostro die letzten zehn Derbysieger rückwärts herunterbeten können.

„Cagliostro", sagte sie, und ein kurzes Lächeln huschte über ihr Gesicht.

„Macht was?", fragte Charly mit vollem Mund.

Lou spießte ein Stück Brokkoli auf. „Gehört gerade zu den drei besten Galoppern Europas. Ich weiß nicht genau, aber man sagt, er hat über zehn Millionen gekostet."

Leon fiel fast sein Smartphone in die Lasagne. „Alter! Geht's noch?" Plötzlich war er voll da. „Zehn Mille für einen Gaul? Hat das Viech 'n Eimer Diamanten im Bauch?"

Emmie musste grinsen. Sie fand das auch ziemlich verrückt, aber von Lou wusste sie, dass es im Galopprennsport um riesige Summen ging. „Es handelt sich um ein ganz besonderes Exemplar von Gaul", klärte sie ihn auf.

Leon schüttelte den Kopf. „Kann er etwa das Universum neu berechnen?"

Ein Glucksen kam aus Emmies Kehle. Der Neue war vielleicht kein Pferdeprofi, aber sie fand ihn lustig, er brachte Schwung in die Bude. In den letzten Wochen waren ihre Schwestern echte Spaßbremsen gewesen.

Im nächsten Moment hielt Leon verzweifelt sein Smartphone hoch. Es war vorbei mit der Nachrichtenflut. Funkstille, buchstäblich. Er schwenkte das Gerät nach rechts, nach links, doch es half nichts.

Charly sah ihn nachdenklich an und schien sich zu fragen, was sie mit so jemandem anfangen sollte. Ob er überhaupt Schaufel und Besen halten konnte?

„Kommen wir mal zu deinen Aufgaben, Leon“, begann sie. „Um sechs wird aufgestanden, der Stall ausgemistet und die Pferde gefüttert. Danach …“

„Wow, wow, wow. Moment!“ Entgeistert starrte der Junge sie an. „Ich bin noch beim Aufstehen um sechs …“

Lou konnte eine klitzekleine Schadenfreude nicht unterdrücken. „Du weißt doch: Der frühe Vogel fängt den Wurm“, sagte sie grinsend.

Leons Gesichtsausdruck schwankte zwischen Entsetzen und Wut. Hilfe suchend blickte er sich um. Vier ausdruckslose Gesichter sahen ihn an. Er schluckte.

„Und weißt du noch was?“, knurrte er. „Der frühe Vogel kann mich mal. Und sein verkackter Wurm dazu.“

Schweigen am Tisch. Charly guckte verstört, Emmie versuchte verzweifelt, ein Kichern zu unterdrücken. Leon bekam wieder Oberwasser. Er lehnte sich auf seinem Stuhl zurück und sah einen nach dem anderen herausfordernd an.

„Was ist, wenn die nachtaktive Katze gerade auf dem Weg nach Hause ist und plötzlich den blöden Vogel sieht, der sich total toll vorkommt, weil er so früh schon unterwegs ist? Und dem scheißfrühen Vogel den scheißfrühen Vogelkopf abbeißt? Sodass der scheißfrühe, kopflose Vogel den scheißfrühen Wurm nicht fangen kann. Und der scheißfrühe Wurm sich noch mal schlafen legt und sich schlapp lacht über den scheißfrühen Vogel, der blöderweise viel zu früh aufgestanden ist und jetzt keinen scheiß Kopf mehr hat. Jaha! Früher Vogel am Arsch." Erschöpft von seiner langen Rede schwieg er.

Alle starrten Leon an. Hatte die angedrohte Morgenarbeit gereicht, um ihn durchdrehen zu lassen? Anscheinend. Dabei hatte Charly noch nicht mal die eigentlichen Aufgaben besprochen. Das konnte heiter werden …

Im Laufe des Nachmittags rang Leon sich jedoch freiwillig dazu durch, einen Mistboy in die Hand zu nehmen. Mit Emmie zusammen klaubte er Pferdeäpfel im Paddock der Isländer auf. Und stellte sich dabei gar nicht mal so ungeschickt an. Krümel und Mikro folgten den beiden auf Schritt und Tritt und schnupperten immer wieder interessiert an den Hinterlassenschaften.

Ein grauer Geländewagen rollte durch den Torbogen. Emmie sah auf. Schon wieder Mallinckroth? Wollte er hier einziehen? Doch aus der Fahrertür stieg Viktor. Mit einem Briefumschlag in der Hand ging er langsam, fast widerwillig zu dem Treppenaufgang vor der Eingangstür.

Noch ehe er läuten konnte, öffnete Charly die Tür, eine Tasse Tee in der Hand. Überrascht sah sie den Besucher an, der unten am Treppenabsatz stehen geblieben war. Sie bemerkte sofort seine geknickte Haltung, wollte aber lieber nicht darauf eingehen. „Schon wieder ein Pferd verloren?“, fragte sie in leichtem Tonfall.

Emmie und Leon lauschten angestrengt, doch die Entfernung war zu groß.

Viktor schüttelte den Kopf. „Der Hengst macht große Schwierigkeiten“, sagte er leise.

Charly lachte spöttisch. „Und daran sind natürlich wir schuld!“

Der Gestütsmanager sah zu Boden. „Charly, ich

habe einen Brief für euch." Unbeholfen drehte er den Umschlag zwischen seinen Fingern.

Charly lehnte sich abwartend gegen die Treppenbrüstung. „Da steht bestimmt nichts drin, worüber ich mich freuen werde …"

„Ich habe versucht, ihn davon abzuhalten." Viktors Stimme klang jetzt flehend. „Doch wenn es um den Hengst geht, lässt er nicht mit sich reden."

Langsam kam Charly zum ihm hinunter, dabei fixierte sie den Briefumschlag wie etwas besonders Ekliges.

„Zumindest konnte ich vermeiden, dass ihr ihn vom Gerichtsvollzieher bekommt", murmelte Viktor leise.

„Was bekommt?" Unbemerkt war Lou aus der Haustür getreten. Sie spürte sofort die Spannung, die in der Luft lag.

Charly riss Viktor den Brief aus der Hand und atmete tief ein. „Post von unserem entzückenden Nachbarn."

Lou konnte nicht verhindern, dass ihr Herz schneller zu klopfen begann.

„Es tut mir wirklich leid!" Viktors Stimme war nur noch ein Flüstern. Sein Blick bat um Verzeihung, doch Charly stapfte wortlos wieder die Treppe hinauf, klatschte den Brief auf die Brüstung und umklammerte mit beiden Händen ihre Tasse, als müsste sie sich dringend an etwas festhalten.

Viktor blieb nichts anderes übrig, als sich davonzumachen. Bedrückt wandte er sich ab und ging zurück zum Wagen. An der Autotür drehte er sich noch einmal um. „Charly ...!" Doch die blickte starr geradeaus auf die Hauswand, so als sähe sie das gemeißelte Relief darauf heute zum ersten Mal.

Die Autotür klappte zu, der Motor wurde gestartet.

Emmie sah hilflos zu ihren Schwestern hinüber. Irgendwas Schlimmes war passiert, so viel war klar.

Das hatte auch Leon gecheckt. Und er wusste, was zu tun war: Er musste Emmie ablenken. Energisch packte er die Schubkarre, bedeutete Emmie, ihm zu folgen, und marschierte mit ihr und den Ponys Richtung Stall.

# Kapitel 7

Lou ließ sich neben Charly auf den Rand des alten Brunnens sinken. Mit zitternden Fingern riss ihre Schwester den Umschlag auf.

„Da hat er ja wirklich keine Zeit verloren!“, murmelte Charly. Hastig überflog sie die ersten Zeilen – und wurde kreidebleich.

„Er kündigt den Kredit und stellt die fünfundachtzigtausend Euro fällig!“, sagte sie schließlich heiser.

Lou starrte ihre Schwester an. Wovon, zum Henker, sprach sie? So viel Geld hatten sie doch gar nicht.

Charly sprang auf und lief nervös vor dem Brunnen auf und ab. „Der Vertrag ist noch von Papa“, erklärte sie. „Er schuldete Mallinckroth Geld und hat ein Schuldanerkenntnis unterschrieben."

Charly verlor fast nie die Nerven, doch jetzt schien sie kurz davor zu sein. In Lous Kopf überschlugen sich die Gedanken.

„Wann müssen wir das Geld bezahlen?"

„Innerhalb von 14 Tagen", antwortete Charly und faltete den Brief wieder zusammen.

Ungläubig sah Lou sie an. Wie sollten sie das schaffen? Sie hatten doch nicht mal mehr Geld für Futter.

„Und wenn wir das Geld bis dahin nicht auftreiben?" Ihre Stimme versagte beinahe.

Charly sah sie nicht an. „Dann kann er uns pfänden. Und schlimmstenfalls vom Hof jagen!"

Lous Herz setzte für einen Schlag aus. Immenhof zu verlieren war für sie das Schlimmste, was sie sich vorstellen konnte. Unaufhaltsam stiegen ihr die Tränen in die Augen. „Aber wir haben doch nichts, was so viel wert ist", brachte sie hervor.

Charlys Blick wanderte hinüber zur Koppel. Zu Hollys Koppel. Lou verstand sofort, was sie andeuten wollte. Beinahe hätte sie aufgeschrien.

„Nein! Nicht Holly. Nicht sie!" Ihre Stimme war nur noch ein ersticktes Schluchzen.

Charly merkte, dass sie einen Fehler gemacht hatte. Beschwichtigend wollte sie Lou eine Hand auf die Schulter legen, doch ihre Schwester stürzte bereits davon.

„Lou, bleib hier!“, rief Charly. „Wir finden eine Lösung. Bestimmt.“

Es gab nur einen Ort, an dem Lou zur Ruhe kam, egal wie schrecklich gerade alles war: Hollys Koppel. Sie ließ sich in das hohe Gras fallen und blickt hinüber zu den beiden Pferden. Goldie knabberte eifrig an den langen Grashalmen, aber die braune Stute erspähte Lou sofort. Neugierig schlenderte sie zu ihr und stupste sie zart an. Lou gab ihr einen Kuss auf die Nase. Holly war ihr größter Schatz. Da konnte Mallinckroth noch so viel drohen und toben: Sie würde sie nicht hergeben, für kein Geld der Welt.

Die Braune warf ihr einen auffordernden Blick aus großen dunklen Augen zu, und gehorsam kramte Lou aus ihren Shorts einen Müsliriegel hervor, brach ein Stück ab und hielt es Holly hin. Freudig blubbernd nahm die Stute den Leckerbissen.

„Also, dieser Mallinckroth hat sie doch nicht mehr alle“, ertönte Matz’ Stimme. Lou drehte sich um. Der Freund war mit seinem Quad von hinten auf die Koppel gefahren. Er parkte in der Nähe des Zauns, stieg ab und kam näher. Seine blauen Augen blickten besorgt.

„Du rettest seinem Pferd das Leben, und dafür schmeißt er euch vom Hof?“ Offenbar hatten sich die schlechten Neuigkeiten schon rumgesprochen.

Lou nickte bekümmert.

„Ich sag ihm einfach, dass das mit dem Quad meine Idee war und du eigentlich die Feuerwehr rufen wolltest“, bot er an.

Das war lieb von ihm. Aber Lou schüttelte den Kopf. „Das nützt nichts, Matz!“ Sie wusste, dass sie Mallinckroth schon lange ein Dorn im Auge waren. Die Sache mit dem Hengst war nur der willkommene Anlass, endlich Ernst zu machen.

Matz blickte hinüber zu den gepflegten Koppeln des Galoppergestüts, die direkt neben dem Immenhof anfingen. Schnurgerade weiße Zäune umrahmten die weitläufigen Wiesen, auf denen ein paar der Hunderttausend-Euro-Renner ihre Freizeit genossen.

„Und jetzt?“, fragte er.

Lou zuckte die Schultern. „Charly will mit der Bank sprechen.“

„Was ist mit Holly?“ Matz deutete auf die braune

Stute. „Mit einem Fohlen von ihr wäre doch alles geritzt."

Lou streichelte Hollys Stirn. Das war etwas übertrieben, aber mit einem Fohlenverkauf würden sie einen guten Teil der Schulden abbezahlen können. Es gab nur ein Problem: Sie mussten überhaupt erst mal ein Fohlen haben!

„Sie bekommt alles, Vitamine, Proteine, Mineralien", seufzte Lou. „Es fehlt ihr nichts, sagt der Arzt, sie wird *nur nicht trächtig*." Gedankenverloren strich sie über den Bauch der Stute. Ihr Fell fühlte sich an wie Seide. Kein Zweifel, Holly war gesund. Doch irgendetwas fehlte ihr …

Am Nachmittag erreichte die Hitze ihren Höhepunkt, aber Charly hatte noch eine Aufgabe für ihre Helfertruppe, bestehend aus Leon, Emmie, Susi und Mia. Mit den letzten zweihundert Euro aus der Haushaltskasse hatte sie eine Fuhre Heu bestellt, die abgeladen werden musste.

Emmie hatte das Kommando übernommen und die Aufgaben verteilt. Absolut gerecht, wie sie fand: Sie und ihre Freundinnen warfen die Ballen vom Anhänger runter, und Leon musste sie auffangen und unters Vordach stapeln.

Leon schwitzte, aber er beschwerte sich nicht. Genau genommen sagte er gar nichts, denn er hatte mal wieder Stöpsel im Ohr und hörte Musik.

„Lässt du die Dinger den ganzen Tag im Ohr?“, fragte Emmie, während sie den nächsten Ballen an die heruntergelassene Klappe wuchtete.

Leon zog die Ohrstöpsel heraus. „Was?“

Emmie grinste von oben hinunter. „Wollte wissen, ob du echt nicht reiten kannst.“ Als Charly ihn gestern gefragt hatte, ob er ab und zu ein Pferd bewegen könnte, hatte Leon nur entsetzt abgewinkt.

Auch jetzt schüttelte er den Kopf. Niemals würde er auf einen Pferderücken klettern, er war doch nicht lebensmüde.

„Aber jeder kann reiten, sogar Charly“, beharrte Emmie. „Sie mag's zwar nicht besonders, weil sie mal übel runtergefallen ist und sich den Knöchel gebrochen hat …“

Nein, nicht schon wieder Emmies Endlos-Texte. Hastig steckte Leon sich die Stöpsel wieder ins Ohr.

„Lou ist schon mit zwei geritten“, schallte Emmies Trompetenstimme durch die Musik hindurch. Im gleichen Moment spürte Leon etwas Weiches an seinem Hinterteil. Erschrocken fuhr er herum. Krümel. Die Ponydame hatte den Kopf vorgeschoben und suchte gewissenhaft seine Hosentaschen nach etwas Essbarem ab.

„Mein Papa hat ihr, als sie vier war, extra Reitstiefel anfertigen lassen, weil's die so klein nicht gab", fuhr Emmie unbeirrt fort.

Leon gab seinen Widerstand auf und zog die Stöpsel wieder raus. „Daher die O-Beine", meinte er grinsend. Auch wenn Lous Beine natürlich kein bisschen krumm, sondern sehr lang und schlank waren, wie er längst bemerkt hatte.

In Ermangelung von essbaren Sachen fischte Krümel jetzt seine geöffnete Wasserflasche aus der Hosentasche. Blitzschnell verschwand der Flaschenhals in ihrem Maul, und indem sie die Flasche auf und ab schwenkte, leerte sie zügig den Inhalt.

Mit offenem Mund starrte Leon sie an. „Das Vieh hat sie doch nicht alle."

Die Mädchen kicherten.

„Sie kommt vom Zirkus und kann echt coole Tricks", erklärte Emmie.

Bevor Leon etwas sagen konnte, bogen Lou und Matz um die Ecke.

„Wir wollen an den Strand reiten, den Kopf freikriegen. Kommt ihr mit?", fragte Lou.

„Aber der kann doch gar nicht reiten!", sagte Susi

abschätzig. Aus ihrem Mund klang es, als wäre Leon etwas minderbemittelt.

Matz stieg sofort darauf ein und lachte spöttisch. „Das war ja so was von klar!"

Für einen Moment verließ Leon seine Coolness. „Alter, wo ich herkomme, gibt's Autos, Busse und Bahnen. Wo liegt dein verdammtes Problem?"

Matz war näher gekommen und baute sich breitbeinig vor Leon auf. „Das einzige Problem, das ich sehe, bist du!"

Die beiden standen sich gegenüber wie zwei Boxer im Ring. Noch ein falsches Wort, und die Fäuste würden fliegen. Eilig ging Lou dazwischen. „Hey, hört auf, beide! Wir können ja auch einfach schwimmen gehen."

Leon warf Matz einen vernichtenden Blick zu. „Danke, verzichte!" Ächzend schulterte er den nächsten Ballen und warf ihn voll Karacho auf den Stapel, der unter der Wucht wankte.

Schweigend lief Lou mit Matz weiter. Sie hatte keine Ahnung, was in den Freund gefahren war. Matz war normalerweise die Ruhe in Person. Aber mit Leon war es Feindschaft auf den ersten Blick gewesen, so viel stand fest.

# Kapitel 8

Die Sonne stand schon tief am Himmel, und der Horizont begann sich rötlich zu färben. Doch die letzten Strahlen hatten noch Kraft, es war immer noch warm.

Lou und Matz hatten es sich im Sand der kleinen Bucht bequem gemacht, in der Charly ihre Skulptur gebaut hatte.

Lou sah hinaus auf das grünlich schimmernde Wasser, das in sachten Wellen an den Strand rollte. Jetzt, bei Flut, stand das Metallpferd so nah am Wasser, als wollte es gleich in die kühlen Fluten tauchen. Stolz und unverrückbar nahm es seinen Platz ein, nichts und niemand schien es beiseiteschieben zu können. Lou seufzte. Wenn das bloß auch für die Pferde vom Immenhof gelten würde – vor allem für Holly.

Matz hatte sich auf seinem Handtuch ausgestreckt. Irgendwann bemerkte sie, dass seine Augen auf ihr ruhten. Lou warf ihm ein unsicheres Lächeln zu.

Matz guckte schnell wieder weg und starrte aufs Wasser. „Komm, lass und schwimmen gehen", meinte er schließlich und stand auf.

Doch Lou schüttelte den Kopf. Sie saß gerade so gemütlich. Zwischen halb geschlossenen Lidern beobachtete sie, wie der Freund sich das Shirt über den Kopf zog und sich einmal durch die Haare strubbelte.

Ihr wurde zum ersten Mal bewusst, dass Matz wirklich gut aussah: blonde Locken, die von der Sonne ausgebleicht waren. Dazu tiefblaue Augen. Und ein braun gebrannter Oberkörper, der ziemlich durchtrainiert war. Lou blinzelte. War ihr vorher nie aufgefallen. Matz war eben Matz. Ihr Freund, der Tag für Tag mit ihr auf dem Immenhof abhing.

Matz bemerkte ihr Schweigen. „Was?", fragte er und warf das Shirt auf die Decke.

Lou zuckte nur mit den Schultern. „Nichts."

„Jetzt lass dir doch von diesem Spack nicht die Laune verderben."

Lou seufzte. Höchste Zeit, auf andere Gedanken zu kommen! Rasch streifte sie ihr T-Shirt ab, darunter trug sie ihren neuen Bikini mit dem Blumenprint.

Jetzt war es Matz, der sie eine Sekunde zu lang ansah.

„Hübsch bist du!", sagte er, und seine Stimme klang dabei seltsam rau.

„Quatsch!", wehrte Lou ab, aber tief drinnen freute sie sich über das Kompliment. War sie das wirklich? Sie selbst fand ihr Gesicht irgendwie alienmäßig, die Lippen zu voll, die Wangenknochen zu hoch und zu markant. Aber ihre blaugrauen Augen und ihre Beine mochte sie.

Leichtfüßig lief Lou über den warmen Sand und tauchte prüfend einen Zeh ins Wasser.

„Sehr hübsch sogar!" Plötzlich stand er so nah neben ihr, dass sie sein Aftershave auf der sonnenwarmen Haut riechen konnte. Die Härchen an ihren Armen richteten sich auf, ihr Herz schlug ein paar Takte schneller. Im gleichen Moment spürte sie Matz' Arm um ihre Taille, der sie sanft zu sich heranzog. Sie drehte sich um und blickte direkt in seine strahlend blauen Augen, die von erstaunlich langen Wimpern umgeben waren.

Aber Lou wich zurück. „Ich kann Unterricht geben! Da verdient man 'ne Menge“, rief sie und befreite sich aus seinem Griff.

Verwirrt sah Matz sie an. Er war in einem völlig anderen Film und brauchte ein paar Sekunden, bis er kapierte, dass es mal wieder um den Immenhof ging.

„Ist 'ne super Idee“, sagte er und bemühte sich, begeistert zu klingen.

Lou machte einen Delfinsprung und tauchte unter. Luftblasen stiegen auf. Matz hechtete hinter ihr her. Mit einem auffordernden Grinsen tauchte Lou in einigen Metern Entfernung auf und warf sich erneut in die Wellen. Wie ein Verrückter kraulte Matz ihr nach.

Eine Stunde später bereitete Lou im alten Stall die Futtereimer für die Abendration vor. Zwischendrin telefonierte sie mit ihrem Handy. Nach dem Schwimmen hatte sie mit Matz zusammen eine Liste von Kontakten aufgeschrieben, die Interesse an Reitunterricht haben könnten. Die wollte Lou jetzt abtelefonieren.

„Ja, letzten Sommer“, sagte sie gerade. „Erinnern Sie sich?“ Sie lauschte hoffungsvoll. Doch nach einer Minute sackten ihre Schultern nach unten. Wieder nichts. Die Dame hatte ihre Pferde längst verkauft. „Da kann man nichts machen. Danke trotzdem“, verabschiedete sie sich und legte auf. Sie strich die Nummer durch und wählte die nächste.

Mit einem leeren Futtereimer in der Hand kam Susi herein und blieb unschlüssig neben der Futtertruhe stehen.

„Hallo, Herr Bremer“, begann Lou. „Ich bin’s, Lou vom Immenhof. Ich wollte fragen, ob Sie jemand brauchen, der Reitunterricht gibt?“ Der Mann am anderen Ende redete eine Weile, doch dann strich Lou auch seine Nummer durch.

„Schade, aber vielen Dank.“ Seufzend tippte sie auf das Display.

Susi sah ihre Chance gekommen. „Du Lou, *ich* würde gern Reitunterricht bei dir nehmen“, sagte sie schüchtern. Davon hatte sie schon lange geträumt, aber nie zu fragen gewagt.

Lou sah sie mit einem schiefen Lächeln an. Das war wirklich nett von Susi, aber mit *einer* Reitschülerin, die nur mit ihrem Taschengeld bezahlen konnte, würden sie den Immenhof nicht retten können …

Gleich nach dem Abendessen war Leon in seinem Zimmer verschwunden. In Berlin ging er nie vor zwölf ins Bett, aber heute war er schon um neun vollkommen erledigt. Lag wahrscheinlich an der Landluft, überlegte er. Und an der ungewohnten Arbeit.

Nur die Nachttischlampe brannte, der restliche Raum lag im Dunklen. War eh nicht besonders groß, die Kammer, die sie ihm zugewiesen hatten. Mit einem zusammengeknüllten Kissen unterm Kopf hatte Leon es sich auf dem Bett gemütlich gemacht, neben sich seinen Laptop, in der Hand seinen Zauberwürfel. Konzentriert dreht er die Ebenen gegeneinander, die erste Reihe war fast fertig, aber jetzt wurde es richtig schwierig. Er schielte auf das Display. Vorhin hatte er versucht, ein Video auf seinem YouTube-Kanal hochzuladen. Ein Balken zeigte die verbleibende Ladezeit an: 340 Stunden.

Leon stöhnte auf. „Oh Mann! Das gibt's doch nicht." Er war wirklich am Arsch der Welt gelandet. Genervt rappelte er sich hoch und lief mit dem Laptop nach draußen, auf der Suche nach besserem Empfang.

Keine zwei Sekunden später bog Krümel um die Ecke. Die kleine Stute sah ihn interessiert an, dann zog sie die Oberlippe hoch und flehmte. Für Leon sah es aus, sie würde sie lachen. Er strahlte sie mit seiner Smartphonetaschenlampe an.

„Hey, schon mal über Zähneputzen nachgedacht?“, murmelte er, als er ihre Schneidezähne betrachtete. „Mit diesen gelben Dingern machst du keine Schnitte.“

Das war Krümel offensichtlich egal, sie schüttelte wild den Kopf.

Während Leon wieder wie hypnotisiert den Balken anstarrte, hörte er von irgendwo leise Musik. Welche der Schwestern war wohl noch wach?

Ungeduldig wanderte sein Blick zurück auf den Bildschirm. „Jetzt komm schon! Ätz nicht rum“, befahl er seinem Laptop. Missmutig ging er zu dem alten Pick-up vor der Scheune und hockte sich auf die geöffnete Ladeklappe. Vielleicht war es hier besser? Der Balken ruckelte unschlüssig. Leon rieb sich über die Augen. Von der Seite schob sich Krümels Kopf vor das Display, auch sie blinzelte. Jetzt hatte sich das Gerät entschieden: Es würde 400 Stunden brauchen, um das Video zu laden.

„Ich glaub's nicht!", fluchte Leon leise vor sich hin. „Noch langsamer, und wir reisen rückwärts in der Zeit." Er knallte den Laptop auf die Ladeklappe. Das Ding würde die nächsten Stunden ohne ihn zurechtkommen. In der Zwischenzeit wollte er herausfinden, woher die Musik kam.

Leise tappte er über den Hof, um die Koppel herum. Als er vor der alten Scheune stand, war die Musik deutlicher zu hören. Eine langsame, getragene Melodie. Er öffnete die Hintertür und spähte in das Innere der Scheune. Da war Lou. Sie stand im Halbdunkel auf der Tenne, die rechts und links von hohen Pfosten begrenzt wurde. Von oben fiel milchiges Mondlicht durch zwei Dachluken. Hinter ihr drehte sich eine Platte auf einem Plattenspieler, den sie auf irgendeinem Flohmarkt aufgegabelt haben musste. Solche blechernen Schalltrichter wurden seit mindestens hundert Jahren nicht mehr produziert.

Leon ging näher und wollte sich schon bemerkbar machen, als er weiter hinten Holly entdeckte. Die braune Stute stand zuerst wie eine Statue da, aber dann schritt sie langsam auf ihrer Reiterin zu und rieb ihren Kopf an ihr. Lou begann sich wie in Trance zur Musik zu bewegen, sie wiegte und drehte sich – und Holly tat es ihr gleich. Ohne dass Lou sie berührte oder dirigierte, tänzelte sie grazil neben ihr her, bewegte sich im Kreis, spiegelte Lous Bewegungen.

Noch nie hatte Leon etwas Ähnliches gesehen. Das war irgendwie … magisch, auch wenn er das Wort kitschig fand. Reflexhaft zückte Leon sein Smartphone, um zu filmen. Doch der Anblick von Lou, die so anmutig und entrückt mit ihrem Pferd zu tanzen schien, war so zauberhaft, so unwirklich, dass er schon nach wenigen Sekunden das Phone wieder sinken ließ und nur schweigend zusah.

Als die Platte zu Ende war und die Nadel nur noch leise über das Vinyl kratzte, näherten sich vom großen Tor Schritte. Schnell duckte Leon sich hinter einen Stapel Strohballen.

Matz erschien auf der Bildfläche. Er schlenderte zu Lou, die ihn anlächelte.

„Was machst du hier?", fragte sie.

Matz blieb dicht vor ihr stehen. „Du warst so down am Nachmittag, da wollt ich noch mal nach dir sehen."

Beide befanden sich jetzt direkt in dem matten Lichtfleck der Dachluken.

„Ach Matz, ich muss immer dran denken, dass er uns den Hof wegnimmt“, hörte er Lou murmeln. Schatten ließen ihr schönes Gesicht ernst und traurig wirken. „Wir haben nur vierzehn Tage Zeit.“ Sie fuhr sich mit einer Hand über die Augen. Weinte sie etwa?

„Ich hab heute Nachmittag alle Reiterhöfe in der Gegend angerufen. Keiner braucht einen Reitlehrer!“, fuhr sie stockend fort.

Matz umfasste ihre Taille mit beiden Händen. „Uns wird schon was einfallen!“

Lou sah ihn an. Matz’ Kopf kam immer näher, fast berührten sich ihre Lippen – als plötzlich Leons Smartphone zu vibrieren begann.

„Ich glaub’s nicht!“, schimpfte Leon unterdrückt und tastete hektisch nach seinem Telefon. Nachdem er den Anruf weggedrückt hatte, wollte er sich davonmachen, doch Krümel hatte sich mal wieder an der unpassendsten Stelle breitgemacht und versperrte ihm den Weg. Leon versuchte sie beiseitezuschieben, aber die zweihundert Kilo blieben standhaft.

„Du schon wieder!“ Mit ein paar Schritten war

Matz bei den Strohballen. „Hey, leistet du deine Sozialstunden als Spanner ab? Oder was hast du hier zu suchen?“ Seine Augen durchbohrten Leon wie Laserstrahlen.

Entschuldigend schwenkte Leon sein Telefon. „Empfang. Aber den gibt’s hier auch nicht.“

Lässig drehte er sich um und lief zur Hintertür.

Matz hatte es die Sprache verschlagen. Dieser Typ war komplett crazy. Er atmete einmal tief durch und versuchte wieder runterzufahren. Dann ging er zu Lou zurück.

„Was ich dir sagen wollte: Egal was passiert, du bist nicht allein.“

Lou sah Leon nach. „Ja.“ Sie grinste. „Das hab ich gerade gemerkt.“

# Kapitel 9

Im hellen Licht des Vollmonds brausten Lou und Matz mit dem Quad über den Strand. Lou hatte sich eng an Matz geschmiegt und ihre Arme um seinen Bauch geschlungen, ihre langen Haare flatterten in der lauen Sommernacht. Als Matz nach ihrer Hand griff und über ihre Finger streichelte, schloss sie die Augen und lehnte ihren Kopf an seinen Rücken. In dieser traumverlorenen Stunde fühlte sich alles seltsam unwirklich an. Das silbrig glitzernde Meer hatte sich um diese Zeit weit zurückgezogen, der Mond stand wie eine geheimnisvoll strahlende Scheibe tief am Himmel, mit einem nahezu schwarzen Horizont dahinter.

Sie hätte ewig so weiterfahren können, doch nach

wenigen Minuten hatten sie ihr Ziel erreicht, die Pferdebucht.

Matz hatte an alles gedacht. Feuerzeug, eine Tüte Marshmallows, Limo, Decken.

In den Dünen suchten sie ein paar trockene Zweige zusammen, dann entzündete Matz ein Mini-Lagerfeuer. Unter dem weiten Sternenhimmel verspeisten sie schließlich die klebrigen Süßigkeiten.

Lou kuschelte sich in Matz Arme und nippte an ihrer Flasche. Gedankenverloren sah sie hoch zu den unzähligen funkelnden Lichtpunkten. Wenigstens für diesen Moment waren ihre Sorgen ein Stück weggerückt. Ruhe und Müdigkeit überkamen sie. Matz' Lippen an ihrer Wange, ihre Hände in seinen. Alles war gut.

Es war schon nach Mitternacht, als Lou zurück in ihr Zimmer schlich. Die Gardine bauschte sich vor dem offenen Fenster, an der Wand leuchtete schwach die Lichterkette mit den weißen Papierkugeln. Lou sah genauer hin. Ihr Bett mit dem altmodisch verschnörkelten Metallgestell war schon belegt. Von Emmie, die friedlich vor sich hin schnarchte. Ihre kleine Schwester kam immer noch manchmal nachts zu ihr, wenn sie nicht schlafen konnte. Zum Glück war das Bett groß genug für zwei. Lou knipste die kleine Lampe neben dem Spiegel an und begann sich abzuschminken.

„Wo warst du?“, murmelte eine schlaftrunkene Stimme. Emmie gähnte und rieb sich die Augen. „Wollte eigentlich auf dich warten.“

„Mit Matz unterwegs“, sagte Lou ausweichend und stand auf. „Was gibt’s?“

Emmie hatte sich tief unter die Bettdecke mit der hübschen Stickerei gekuschelt. Jetzt richtete sie sich halb auf. „Ich will wissen, was dieser Viktor wollte. Und jetzt sag nicht nichts.“

Genau das hatte Lou antworten wollen, aber ihr wurde klar, dass sie Emmie nicht bis in alle Ewigkeit anflunkern konnten. Irgendwann würde sie sowieso die Wahrheit erfahren.

„Wir müssen ein paar Rechnungen bezahlen“, sagte sie und bemühte sich, unbeschwert zu klingen. Ihre Schwester sollte sich nicht jetzt schon Sorgen machen müssen.

Emmie blinzelte schläfrig. „Ist ja ganz was Neues!“

„Diesmal sind’s ein paar mehr!“ Lou ging zu ihrer Kommode und griff nach den Abschminktüchern. Es war unübersehbar, dass Emmie ihre Abwesenheit mal wieder dazu genutzt hatte, sich durch sämtliche Lippenstifte, Lidschatten und Wimperntuschen zu probieren. Ihr Mund sah aus, als hätte sie einen schlimmen Herpesausschlag, über den Augen leuchtete es Veilchenblau.

„Wenn du dich das nächste Mal schminkst, mach es doch tagsüber", sagte Lou lächelnd und hockte sich neben Emmie auf die Bettkante. „Dann sieht man es wenigstens." Sanft begann sie mit dem Tuch über Emmies Gesicht zu reiben.

Ihre Schwester schloss die Augen. „Du Lou, der hat echt fast 300 000 Follower", murmelte sie.

Lou wusste sofort, von wem sie sprach. „Und?", gab sie kühl zurück. „Ist wahrscheinlich auch das Einzige, worum er sich kümmert."

„Und 'ne Larissa, die voll auf ihn abfährt. Kommentiert jeden Beitrag, den er postet."

Lou spürte einen seltsamen Stich in der Brust. Aber sie wollte nicht genauer darüber nachdenken. Ihr Kopf war eh schon zu voll. Leon war ihr egal. Punkt. Sorgfältig deckte sie Emmie zu, die schon wieder fast eingeschlafen war. „Gute Nacht", flüsterte sie, aber Emmie antwortete nicht mehr.

Eine Weile stand Lou unschlüssig da und dachte

nach. Das Mondlicht fiel durch die Gardinen und malte Muster an die Wand. Schließlich siegte ihre Neugier. Mal gucken, was Leon im Netz so trieb. Sie schlich aus dem Zimmer, tappte die Treppe hinunter, durch den Flur bis in das ehemalige Büro ihres Vaters, das direkt an den Stall grenzte. Der Raum war einfach, aber gemütlich. Ein großes Regal neben einer antiken Holzkommode mit unzähligen Schubladen. Davor ein alter Schreibtisch, bedeckt mit Stapeln von Papier, Aktenordnern, Zeitschriften. Dazwischen stand der Laptop, den sie alle benutzten. Lou allerdings nur selten. Sie war lieber in der realen Welt unterwegs.

Mit einem Klick leuchtete der Bildschirm auf. Lou gab Leons Namen in die Suchmaske ein, und sofort erschien der Link zu seinem YouTube-Kanal. Sie hatte also gerade guten Empfang! Mit zwei Fingern scrollte sie durch die Seite und stellte fest, dass er tatsächlich jeden Tag neue Beiträge und Videos hochlud. Hatte er nichts anders zu tun? Auf einem der Thumbnails erkannte sie Leon mit zwei hübschen Mädchen.

„Chubby Bunny Challenge!“, las Lou den Titel des Beitrags. Was bitte, sollte das sein? Sie klickte das Video an. Es war kurz und dämlich. Leon und die Mädchen stopften sich Marshmallows in den Mund und versuchten „Chubby Bunny“ zu sagen. Dabei kicherten sie wie verrückt und spuckten Marshmallow-Stücke durch die Gegend.

Lou verzog den Mund. Haha, wirklich megawitzig.

Am Seitenrand wurden ein paar Beiträge vorgeschlagen. Sofort erkannte sie Bilder vom Immenhof. Solche, die vor allem zeigten, wie dringend mal wieder renoviert werden musste. Schiefe Zäune, abgeplatzter Putz, Löcher im Dach.

„Hallo Leute!“, kam Leons Stimme aus dem Off. „Hab zufällig gerade mal wieder Netz. Bin noch immer auf dem berühmten Immenhof.“ Er betonte es so, dass jedem klar wurde: Berühmt war hier nichts und niemand. Dann sah man ihn Pferdeäpfel einsammeln. Er hatte sich ein Halstuch um die Nase gebunden, wahrscheinlich wegen des Geruchs.

„Hier schaut’s nicht nur aus wie Sau, es riecht auch so“, plauderte Leon weiter.

Lous Magen krampfte sich zusammen. Wie konnte er nur so über ihr Zuhause, über ihre Familie reden! Immenhof war ihr das Liebste auf der Welt. Und Leon führte es vor, als wäre es das letzte Loch.

Vom Durchgang zum Stall näherte sich Hufgeklapper, Krümel stattete ihr einen Besuch ab. Geistesabwesend streichelte Lou über die Ponynase, die neugierig durch die Papierstapel wühlte.

Auf dem Bildschirm schwenkte die Kamera über die Pferde auf der Koppel.

„Wenn jeder Gaul am Tag drei Pferdeäpfel fallen lässt, sind das bei 43 ganze 129, die ich täglich wegschippe", redete Leon weiter. „Also gut 25 Kilo Kacke!"

Lou konnte es nicht fassen. Hatte er etwa die Pferdeäpfel mit der Küchenwaage gewogen?

Die Kamera zoomte auf Caesar, Krümel und Goldie. „Und das sind die Übeltäter!", erklärte Leon. Lou und Holly erschienen auf dem Bildschirm.

Lou hielt die Luft an. Was Leon wohl über sie sagte?

„Und hier noch das absolute Glamourpaar", quäkte seine Stimme aus dem Lautsprecher. „Hipster-Style auf Ökoart!" Er hatte sie tatsächlich nach ihrem Schlammbad gefilmt. Dann folgte eine Einstellung von Holly, die in der Sonne döste. „Der ehemalige Star des Gestüts. Genauso abgerockt wie der Hof. Zu nix mehr zu gebrauchen", war Leons Kommentar dazu.

Lou sog scharf die Luft ein. Das war ja wohl das Letzte. Holly hatte ihm doch überhaupt nichts getan. Und woher kannte er überhaupt ihre Geschichte? Egal, damit war er bei ihr unten durch. Aber so was von. Sie schaltete den Laptop aus und vergrub ihr Gesicht in Krümels Mähne. Obwohl sie es nicht wollte, liefen ein paar Tränen über ihre Wangen.

Am nächsten Morgen saßen alle etwas müde am Esstisch. Emmie gähnte in einer Tour, Charly sah blass aus, und Lou fühlte sich innen drin ganz zerknittert. Sie hatte nach ihrem YouTube-Ausflug lange nicht einschlafen können. Und dazu hatten ihre Gedanken unaufhörlich um den Immenhof und ihre Geldsorgen gekreist.

Auch Leon sah nicht besonders frisch aus, er hatte dunkle Ringe unter den Augen.

Sorgfältig vermied Lou jeden Blick in seine Richtung. Zu überhören war er leider nicht, sein Smartphone brummte und piepte ohne Pause.

Emmie griff nach dem vegetarischen Aufstrich und machte Lou ein Zeichen.

„News von Larissa!“, murmelte sie.

Lou blickte ausdruckslos. Von ihr aus konnten

Germanys next Topmodels bei ihm Schlange stehen – es ging ihr sonst wo vorbei.

Charly stellte eine Kanne Tee auf den Tisch. „Leon, der Rasenmäher hat den Geist aufgegeben. Kannst du ihn richten?“

Kichernd bestrich Emmie ihr Brötchen mit Butter. „Wenn er ihn nicht aus Versehen zum Toaster umbaut.“

„Rasenmäher?“ Verwirrt sah Leon auf. „Ich dachte eigentlich, für das Gras sind die Gäule verantwortlich.“

Der Satz reichte, um Lou explodieren zu lassen.

„Es sind *Pferde*, kapiert?“, schnauzte sie ihn an. Dann atmete sie tief durch. Puh. Warum konnte dieser Berlin-Freak sie so provozieren? „Wir lassen ihn von Matz reparieren, Charly“, sagte sie, etwas ruhiger.

Überrascht sah Leon sie an. „Hoho. Ludolf, der Mann für alle Fälle!“, witzelte er und grinste in ihre Richtung.

Lou verdrehte die Augen. Toller Joke, Matz mit den vier Schrottplatzbrüdern zu vergleichen.

Leon wandte sich an Charly. „Was ist eigentlich mit dem Pick-up?“, wollte er wissen. Nachdem er gestern Nacht seinen Laptop eingesammelt hatte, war ihm aufgefallen, dass das Teil ziemlich krass war. Cooles 70er-Design. Gab es nicht mehr oft.

Charly winkte ab. „Der gehört längst schon entsorgt.“

Aber Leon ließ sich nicht abwimmeln. „Kann ich ihn richten? Ich meine *nach* dem Rasenmäher?“

„In deiner Freizeit gern“, murmelte Charly zwischen zwei Löffeln Müsli.

Aufseufzend lehnte Leon sich auf seinem Stuhl zurück. „In welcher Freizeit?“, fragte er gespielt gequält.

Was für eine Memme, dachte Lou. Sie merkte nicht, dass ihre große Schwester sie von der Seite musterte.

„Du siehst müde aus!“, stellte Charly fest. Noch bevor Lou antworten konnte, kam Leon ihr zuvor.

„Ist gestern wohl später geworden“, stichelte er. Aber aus irgendeinem Grund guckte er nicht besonders fröhlich.

Lou schwieg und warf ihm nur einen vernichtenden Blick zu.

Auf Mallinckroths Gestüt war das erste Morgentraining mit Cagliostro in vollem Gange. Die Galoppbahn aus Sand führte einmal rund um die

Koppeln und wurde von Bäumen und Büschen gesäumt. Am Startpunkt stand Mallinckroth zusammen mit Runa und Viktor. Angestrengt spähte er in Richtung der letzten Kurve, die der Schwarze gerade in perfekter Linie am inneren Rand nahm. Seine Beine schienen den Boden nicht zu berühren, es war, als würde er fliegen. Dicht über seinem Hals duckte sich der Jockey und federte im Rhythmus von Cagliostros gewaltigen Sprüngen.

Sand spritzte auf, als Cagliostro an den Zuschauern vorbeijagte. Mallinckroth drückte die Stoppuhr in seiner Hand. Unglaublich, neuer Bahnrekord! Dieser Hengst war jeden Euro wert, den er bezahlt hatte. Bei diesen Zeiten waren ein paar Starallüren zu verschmerzen.

Der Jockey klopfte Cagliostros Hals und gab Paraden, um ihn zu bremsen.

„Fantastisch. Gut gemacht, Joe!“, rief Mallinckroth ihm zu.

„Wenn er so läuft, ist er unschlagbar“, wandte er sich dann an Viktor und Runa und machte sich auf den Weg zurück zum Stall.

„Dann scheint er seinen Ausflug ja gut überstanden zu haben“, warf Viktor sofort ein.

Mallinckroth hörte den leichten Vorwurf in seiner Stimme. Mit gerunzelter Stirn musterte er seinen Manager, der schnell weiterredete.

„Ich denke nicht, dass sein Verhalten mit dem Moor zusammenhängt. Sie tun den Mädchen vom Immenhof unrecht." Viktor atmete tief durch und steckte die Hände in die Hosentaschen. Er widersprach seinem Chef ungern, aber diesmal musste es sein.

Mallinckroth bedachte ihn nur mit einem kalten Blick. „Überlass das mir. Es muss ja einen Grund geben, warum er nicht mehr in seine Box und in den Anhänger geht." Und dieser Grund wohnte drüben auf dem Immenhof, davon war er überzeugt. Schon Robert Jansen hatte sehr eigenwillige Trainingsmethoden gehabt. Er „flüsterte" mit den Pferden, wie er es nannte, aber Mallinckroth war das immer suspekt gewesen. Diese Lou schien genauso zu sein wie ihr Vater. Wer weiß, was sie mit seinem Hengst angestellt hatte.

Viktor zuckte die Schultern. „Einen Grund, ja. Aber die Jansens dafür verantwortlich zu machen, halte ich für falsch." Doch genauso gut hätte er gegen eine Wand reden können. Mallinckroth hatte sein Smartphone gezückt und tat, als hörte er ihn nicht mehr.

# Kapitel 10

Auf dem Immenhof war neuer Besuch eingetroffen, diesmal erfreulicher. Ein früherer Freund von Robert Jansen war vorbeigekommen, um Holly zu sehen. Lou kannte und mochte ihn. Rudolf Grunert war um die fünfzig, hatte einen Dreitagebart, kurze Haare und intensiv blaue Augen.

Lou führte ihn zu Hollys Box im alten Stalltrakt. Für Grunert war der Renovierungsstau auf dem Immenhof nichts Neues, er störte sich nicht an zusammengezimmerten Türen, Strohballen im Stallgang oder verbogenen Metallstangen. Immenhof war sicher kein Luxusquartier, aber die Pferde hatten es gut hier, alles war sauber, und das war seiner Meinung nach die Hauptsache.

Sie blieben vor Hollys Box stehen. Grunerts Augen leuchteten auf, als er die Stute sah.

„Es vergeht kein Tag, an dem ich nicht an deinen Vater denke", sagte er leise. „Er war nicht nur einer der fairsten Teamkollegen, den ich jemals hatte, sondern auch mein bester Freund. Freunde zu haben in diesem Sport ist sehr selten."

Lou war klar, dass Grunert damit nicht nur den Reitsport an sich meinte, sondern vor allem den Springsport, bei dem es um viel Geld ging.

„Nie werde ich vergessen, wie er vor Schmerz fast aus dem Sattel gekippt wäre", fuhr der Mann fort und lehnte sich an die Trennstange. „ Wir dachten alle, er gibt auf oder das Olympiakomitee stoppt den Ritt …" Gedankenverloren streichelte er Hollys Kopf, die sich neugierig zwischen sie geschoben hatte.

Lou wusste, worauf er anspielte. Sie kannte die Geschichte auswendig. Unzählige Male hatte sie sich alte Filmaufnahmen von dem legendären Ritt ihres Vaters angesehen. Trotz einer Verletzung aus dem ersten Umlauf war er damals im Stechen gestartet, halb ohnmächtig vor Schmerzen. Und Holly hatte ihn fast im Alleingang durch den Parcours getragen – zum Olympiasieg. Eine Hollywood-reife Geschichte.

Lou klopfte Hollys Hals. „Ja, sie ist etwas Besonderes“, bestätigte sie. Holly war nicht nur eine Kämpferin, die alles für „ihren“ Menschen tat, sondern sie war auch die letzte Erinnerung an ihren Vater.

„Sie und dein Vater waren eins“, sprach Grunert weiter. „So eine Bindung habe ich niemals wieder erlebt.“ Er hielt der Stute seine Hand hin und ließ sie daran schnuppern. „Für ein Fohlen von ihr würde ich alles geben!“

Lou sah Holly lange an. „Ja, wir auch.“

Während Lou mit Grunert plauderte, hatte auch Charly Besuch bekommen – von ihrem Bankberater. Ohne Anmeldung war er auf dem Immenhof aufgetaucht und hatte sie im Büro ihres Vaters aufgestöbert. Breit lächelnd klopfte er von außen gegen die Scheibe, und Charly blieb nichts anders übrig, als ihm aufzumachen.

Der Mann quoll förmlich herein, sein Hemd spannte über dem gewaltigen Bauch, unter seinem Arm klemmte eine dicke Aktenmappe.

„Das war wirklich nicht notwendig, dass Sie persönlich vorbeikommen“, sagte Charly, die sich etwas überrumpelt fühlte.

Der grauhaarige Mann sah sich im Büro um. „Ich lerne meine neuen Kunden am liebsten erst mal selbst kennen“, sagte er freundlich. Es war nicht auszumachen, ob er das Chaos im Büro als Minuspunkt verbuchte oder geflissentlich darüber hinwegsah.

„Ist Herr Lehman nicht mehr unser Berater?“, wollte Charly wissen.

„Nein. Das bin ich, Tietz ist mein Name.“ Seine Augen wanderten immer noch durch den Raum, musterten die Pokale und Medaillen, die gerahmten Pferdefotos. Ächzend ließ er sich dann auf einen der Stühle vor dem Schreibtisch fallen. „Darf ich?“, fragte er noch, aber die Antwort erübrigte sich, da er bereits saß.

Charly hatte das Gefühl, etwas erklären zu müssen. „Das ist das ehemalige Büro unseres Vaters“, sagte sie und deutete vage durch den Raum.

Lächelnd zog der Bankmensch eine Lesebrille aus seiner Tasche. „Und das ist die Lesebrille von meinem Sohn.“ Er begann lautstark in seinen Akten zu wühlen.

Fieberhaft dachte Charly über den richtigen Einstieg nach. „Hören Sie“, begann sie zögernd, „wir sind schon sehr lange Kunden bei Ihrer Bank, mein

Vater war ein begnadeter Trainer. Von überall kamen die Menschen, damit er ihre Pferde heilte."

Herr Tietz sah sie über den Rand des Blattes an, das er in der Hand hielt. „Genau hier liegt das Problem, Frau Jansen. Nach dem Tod von Robert Jansen ist der Betrieb zum Erliegen gekommen. Sie leben seitdem von den Ersparnissen. Und die sind so gut wie aufgebraucht."

Charly sank auf den Schreibtischstuhl ihm gegenüber. „Wir mussten nach dem Brand einiges in Ordnung bringen", verteidigte sie sich. „Dinge, die von der Versicherung nicht übernommen wurden. Das ging ganz schön ins Geld." Sie kam sich vor wie in der Schule bei einer unangekündigten Stegreifabfrage.

Herr Tietz sah auf und ihr direkt in die Augen. „Ich will ehrlich sein." Er lehnte sich zurück, dass der Stuhl ächzte, und blinzelte über den Rand seiner Plastikbrille in Türkis. „Die Bank stellt sich natürlich die Frage, wie es weitergeht. Hat der Immenhof überhaupt noch eine Chance?" Er wies durch das Fenster nach draußen. „Verkaufen Sie ihn doch."

Es war bestimmt ein gut gemeinter Ratschlag, aber Charly schüttelte sofort heftig den Kopf. Das konnte sie ihren Schwestern nicht antun. Nicht jetzt. Sehr gerade setzte sie sich auf die vordere Stuhlkante. „Nein", sagte sie fest. „Wir brauchen nur ein bisschen mehr Zeit. Mit ein paar mehr Einstellern können wir die Kosten decken und das Darlehen zurückzahlen."

„Darlehen?", fragte der Berater. „Wenn Sie einen Kredit wünschen, brauche ich Zahlen. Und einen Rückflussplan."

Verwirrt strich Charly sich eine Haarsträhne hinters Ohr. „Rückflussplan?", wiederholte sie, aber der Begriff wurde dadurch auch nicht klarer. „Ja, ähm …"

„Ja, wie sie das Geld zurückzahlen wollen", half Herr Tietz nach.

Charly nickte. „Verstehe." Doch sie verstand gar nichts. Von Zahlen hatte sie keine Ahnung, sie war Künstlerin. Charly seufzte tief. „Gut, dann müssen eben erst mal unsere Sparbücher dran glauben."

Der Berater sah sie mit einem merkwürdigen Blick an und stieß ein kurzes Lachen aus. „Über Ihr Sparbuch können Sie selbstverständlich verfügen", meinte er, nachdem er durch ein paar Papiere geblättert hatte. „Doch was die Konten Ihrer Schwestern angeht …" Er machte eine kurze Pause. „Die sind aufgebraucht. Da ist nichts mehr drauf."

Die Worte trafen Charly wie ein Faustschlag in die Magengrube. Das konnte doch nicht sein. Hatte ihr Vater nicht für beide eine eiserne Reserve angelegt? Wenn Emmie und Lou nichts mehr hatten, sah es wirklich finster aus.

Wiehernde Pferde drängten sich an die Boxentüren, schüttelten ungeduldig den Kopf und stampften mit den Hufen. Lou lief mit den Futtereimern über die Stallgasse und beeilte sich, jedem seine Ration in die Krippe zu schütten. Ein paar Minuten später war es ruhig, nur noch das gleichmäßige Mahlen der Pferdezähne war zu hören. Jetzt konnte Lou sich um Holly kümmern. Sorgfältig versteckte sie ein paar Globuli in einem Apfelschnitz und hielt ihn Holly hin. Begeistert schnappte die Stute ihn sich.

„Super machst du das!", lobte Lou. Die Heilpraktikerin hatte ihr das Mittel empfohlen. Angeblich sollte es die Chancen auf eine Trächtigkeit erhöhen.

Während Holly noch genüsslich kaute, reichte Lou ihr das zweite Stück.

Jemand kam die Stallgasse hoch. Leon. Ausgerechnet. Er zögerte, blieb dann aber bei Hollys Box stehen und deutete auf die Gießkanne davor.

„Gibt es einen Grund, warum du ihr Heu immer nass machst?", fragte er unbefangen, als hätte er Lous Ausbruch am Frühstückstisch vollkommen vergessen.

Lou tat, als hätte sie ihn nicht gehört, auch wenn er nur einen Meter entfernt stand. Den Post hatte sie ihm noch lange nicht verziehen – falls sie das überhaupt jemals tun würde.

Leon lehnte sich an den Pfosten neben der Box. „Wie wär's mit ja, nein, weiß nicht?"

„Oder verpiss dich!", herrschte Lou ihn an und drehte ihm den Rücken zu.

Jetzt guckte Leon doch etwas verdattert. Solche Worte hatte er aus Lous Mund noch nie gehört. Aber selbstverständlich ließ er sich nicht so schnell abwimmeln.

„Ich soll doch was lernen, oder?", fragte er weiter.

Genervt verdrehte Lou die Augen. „Ich mache es nicht nass, ich feuchte es an", sagte sie kurz angebunden. „Sie hat eine Heustauballergie."

Leon grinste. „Wär dann ein Staubsauger nicht besser?" Als Lou nicht reagierte, hörte er auf mit seinen Sprüchen. „Okay, geschenkt. Und sie hat wirklich *Olympia* gewonnen?" Natürlich hatte er gelauscht, als Grunert von den alten Zeiten geschwärmt hatte. Fast ehrfürchtig musterte er jetzt die braune Stute mit dem Apfelschaum vor dem Maul.

„Ja, als sie noch nicht so abgerockt war“, zischte Lou.

Leon kapierte sofort, worauf sie anspielte. Beschwichtigend hob er die Hände. „Hey, tut mir leid. Muss meiner Community eben ständig was Neues bieten.“

Lous Augen schleuderten Blitze. „Auch auf Kosten anderer. Verstehe.“

Das saß. Leon schluckte. Seine selbstsichere Miene bröckelte. „War nicht so gemeint. Ehrlich.“

Abschätzend musterte Lou ihn. Dann atmete sie tief aus. „Mein Vater hatte sich einen Muskelriss zugezogen“, begann sie stockend. „Er war vollgepumpt mit Medikamenten, absolut handlungsunfähig. Holly hat gespürt, dass es ihm nicht gut geht. Sie hat die Führung übernommen und ihn fehlerfrei durch den Parcours gebracht.“ Gedankenverloren kraulte sie die Stute am Widerrist.

„Wow, was für ’ne abgefahrene Story“, murmelte Leon. „Dann ist sie ja ein echtes Wunderpferd.“ Seine Stimme klang zum ersten Mal kein bisschen ironisch.

Bevor Lou antworten konnte, flog die Stalltür auf, und Charly eilte im Stechschritt über die Stallgasse.

„Lou?“, rief sie aufgebracht. „Wir müssen reden! Sofort.“

Leon tat, als wollte er sich hinter einem Strohballen verstecken. „Alle in Deckung!“, rief er. „Tornado im Anflug!“

Atemlos blieb Charly vor ihnen stehen. Ihre Wangen glühten, sie wirkte aufgelöst.

„Hast du nichts zu tun?“, herrschte sie Leon an. Der duckte sich und trat gleich den Rückzug an. Nicht ohne Lou einen hochgereckten Daumen zu zeigen.

„Wo ist das Geld?“, kam Charly ohne Umschweife zur Sache. „Das von den Sparbüchern?“

Holly wurde unruhig und hob den Kopf, sie spürte die Anspannung zwischen den Schwestern. Lou streichelte ihren Hals, dann kletterte sie zwischen den Stangen aus der Box hervor.

Charly dauerte das alles entschieden zu lange. „Hallo! Ich rede mit dir“, fuhr sie Lou an.

Lou wusste nur zu gut, warum Charly auf hundertachtzig war. Aber sie wollte Zeit schinden. Bedächtig sammelte sie die Eimer ein und lief hinaus auf den Hof, die aufgebrachte Charly immer dicht hinter ihr.

„Was glaubst du?“, erwiderte Lou endlich und blieb stehen. „Ich hab Futter gekauft.“

Charly hatte offenbar mit allem gerechnet, aber nicht damit. Mit offenem Mund starrte sie Lou an.

„Es war die einzige Möglichkeit, die Pferde weiterhin zu versorgen, nachdem der Händler nichts mehr liefern wollte, weil wir die Rechnungen nicht bezahlt haben“, redete Lou weiter.

Charly versuchte, ihre Gedanken zu ordnen. „Warum hast du nichts gesagt?“

„Was hätte das gebracht?“, kam es prompt von Lou. Charly jammerte seit Wochen, dass sie kaum noch Geld zum Leben hatten. Wie es bei den Pferden aussah, bekam sie nur am Rande mit, weil sie selten fütterte. Also hatte Lou die Sache in die Hand genommen.

Aber so leicht wollte Charly sie nicht davonkommen lassen. „Seit Monaten sag ich dir, dass wir keine weiteren Pferde mehr aufnehmen können“, schimpfte sie. Erst letzte Woche hatte Lou wieder ein Islandpony angeschleppt, das bis auf die Knochen abgemagert war. Allein in seinem Magen würden noch Hunderte Euro verschwinden.

„Vater hat jedes Pferd aufgenommen, das Hilfe gebraucht hat“, rief Lou hitzig.

Charly stieß ein verzweifeltes Lachen aus. „Ja, er hat ja auch genügend verdient, um sich das leisten zu können. Wir können nicht mehr jedem Tier das Gnadenbrot geben.“

Warum ging das nicht in Lous Kopf? Aber so war sie schon immer gewesen. Schon als kleines Mädchen hatte sie verletzte Vögel, hungernde Igelkinder und streunende Katzen aufgesammelt. Charlys Blick fiel auf die Globulifläschchen in Lous Jeans. Kopfschüttelnd deutete sie darauf. „Ich hab mich schon die ganze Zeit gefragt, woher die vielen Futterzusätze kommen.“

„Ich weiß, dass dir die Pferde nichts bedeuten“, gab Lou beleidigt zurück. Im gleichen Moment wusste sie, dass sie ihrer Schwester unrecht tat. Pferde waren nicht ihr Leben, so wie für Lou, aber sie würde niemals absichtlich ein Tier vernachlässigen.

Charlys Ton wurde schärfer. „Man kann nur Pferde retten, wenn man auch welche verkauft, und das ist seit Monaten nicht der Fall!“

Lou stampfte mit dem Fuß auf. „Du tust ja gerade so, als wäre *ich* daran schuld, dass Holly kein Fohlen bekommt.“

Stumm schüttelte Charly den Kopf und ließ die Schultern sinken. Sie war am Ende ihrer Kraft. Es war, als würde ein riesiges Gewicht sie zu Boden drücken. Die Verantwortung für ihre Schwestern, den Hof, die Tiere – es war einfach zu viel.

„Mit dem Geld hätten wir Mallinckroth bezahlen und den Hof retten können", sagte sie leise.

Entsetzt sah Lou sie an. Genau wie Charly hatte sie fest mit einem Kredit gerechnet. „Aber die Bank! Ich dachte …"

Wieder schüttelte Charly den Kopf. Blitzartig wurde Lou klar, was das bedeutete. Ihr war, als würde sie fallen. Schwindel ergriff sie, mit beiden Händen musste sie ihren Kopf festhalten. Nur wie durch Watte fühlte sie Charlys Hand auf ihrer Schulter.

# Kapitel 11

Der nächste Tag begann trüb. Die Sonne verschanzte sich hinter einer dichten Wolkendecke, die Luft war kühl. Im Hof pickten ein paar Vögel eifrig Haferkörner vom Boden auf, die bei der Morgenfütterung heruntergefallen waren.

Lou hatte Holly aus der Box geholt und vor dem Stall angebunden. Mit geübten Strichen bürstete sie das seidenweiche Fell und holte dann Sattel und Zaumzeug aus der Sattelkammer. Dazu zwei prall gefüllte Jutesäcke.

Leon beobachtete sie aus einiger Entfernung. Charly hatte ihn heute Morgen dazu verdonnert, alle Pferdedecken auszubürsten – eine Schweinearbeit. Er brauchte dringend eine Pause. Gerade wollte er zu Lou hinüberschlendern, als Matz ihm mal wieder zuvorkam. Mit seiner knatternden Kiste brauste er auf den Hof und bremste vor dem Gutshaus.

„Hey, Lou!", rief er gut gelaunt. „So früh schon unterwegs?"

Lou zog den Sattelgurt an. Das war ja wohl offensichtlich.

„Ich hab dir doch gesagt, wir schaffen das", tönte Matz weiter. Er strahlte wie ein Honigkuchenpferd. Jetzt wurde Leon doch neugierig und pirschte sich vorsichtig näher ran. Hatte Ludolf etwa im Lotto gewonnen?

„Ich hab zwar nicht die ganze Summe, aber jemand, der das Quad kaufen will!", erklärte Matz der verdutzten Lou. Erwartungsvoll lächelnd sah er die Freundin an.

Die schloss schweigen den Kehlriemen der Trense, dann schüttelte sie den Kopf. „Das kann ich nicht annehmen!"

Matz kam näher. „Wieso nicht? Ich will, dass es dir gutgeht. Das Quad ist mir nicht so wichtig."

Oh du edler Ritter, dachte Leon. Aber insgeheim war er von Matz' Einsatz doch etwas beeindruckt.

Lou warf die zusammengebundenen Säcke vorn

über den Sattel, sodass sie zu beiden Seiten herunterhingen. „Ich hab's verbockt, deshalb muss *ich* es auch wieder in Ordnung bringen", erklärte sie, stellte den linken Fuß in den Steigbügel und saß auf.

Matz sah sie an, in seinem Blick lagen Verzweiflung und Unverständnis. „Hey Lou, wenn einem was Gutes passiert, sollte man lernen, es anzunehmen. Du kannst es mir ja zurückgeben, wenn du meinst."

Jetzt reichte es aber, fand Leon.

„Hey, Ludolf, welchen Teil von *Nein* hast du nicht verstanden?", rief er Matz zu.

Der Junge fuhr herum. „Hey, Alter, verpiss dich", pflaumte er Leon an, bevor er sich wieder zu Lou umdrehte.

„*Ich* muss die Lösung finden, Matz. ICH!", versuchte Lou zu erklären. „Und niemand sonst." Sie nahm die Zügel auf und ritt los.

Ratlos sah Matz ihr nach. „Wohin willst du? Ich kann dich doch fahren!"

Aber Lou antwortete nicht. Im Schritt verschwand sie durch das große Eingangstor und war kurz darauf hinter dem Haus außer Sicht.

Frustriert ließ Matz den Kopf sinken.

Lou ritt ganz rechts auf dem Grasstreifen neben der kleinen Landstraße. Letzte Nacht hatte sie kaum ein Auge zugemacht. Die Worte von Charly waren wie ein Mantra in ihrem Kopf widergehallt. Sie hatte es vermasselt, und zwar gründlich. Klar, niemand hatte wissen können, dass Mallinckroth ausgerechnet jetzt so austickte. Trotzdem hätte sie viel eher mit Charly über ihre Geldprobleme reden müssen. Hoffentlich konnte sie es irgendwie wiedergutmachen.

Sie passierten das Ortseingangsschild der Kleinstadt. Immer wieder überholten Autos sie. Die meisten waren freundlich, bremsten ab und fuhren langsam an ihnen vorbei. Einige jedoch fanden es lustig zu hupen und dann mit Vollgas vorbeizuziehen.

Zum Glück ließ Holly sich nicht aus der Ruhe bringen. Von den Turnieren früher war sie Trubel gewohnt.

Kurz darauf hatte Lou ihr Ziel erreicht. „Futtermittel Ludwig" stand in großen Buchstaben an einer unscheinbaren Lagerhalle aus Backstein, die mitten in einem etwas verlotterten Gewerbegebiet lag. Die Eisenbahn hatte hier früher eine Verladestation gehabt, davon zeugten noch ein paar vor sich hin rostende Loks, alte Kräne und baufällige Hallen.

Lou lenkte Holly bis zu der Rampe aus Beton, auf der die Futtermittel ein- und ausgeladen wurden. Unter dem Vordach stapelten sich Säcke mit Hafer, Müsli und Mineralfutter.

Die verzinkte Eingangstür zum Büro öffnete sich, und der Futterhändler trat heraus. Wie immer trug er eine verbeulte Cordhose mit Hosenträgern und eine ausgeblichene Schiebermütze.

Überrascht musterte er Lou. Er kannte das Mädchen gut, aber bisher war immer *er* zum Immenhof gekommen, nicht umgekehrt.

„Hallo Lou!“, grüßte er.

„Guten Tag, Herr Ludwig.“ Lou sprang aus dem Sattel, nahm die Futtersäcke herunter und lief damit zu Franz Ludwig. Darin befanden sich sämtliche Zusatzfuttermittel, die sie in den letzten Monaten für Holly gekauft hatte.

„Ich bin da, um Ihnen mein Futter anzubieten“, erklärte sie. Der Gedanke war ihr gestern Nacht gekommen. Vielleicht würde ihr der Händler ein paar der Mittel abkaufen, die sie im Internet bestellt hatte? Ihr Wert lag sicher über zweihundert Euro.

Herr Ludwig begutachtete sorgfältig den Inhalt

der Dosen und Tüten, roch daran und ließ Pellets und Pulver prüfend durch seine Hand rieseln.

„Keine Frage, Lou, dein Futter ist hochwertig, und die Zusätze machen durchaus Sinn“, befand er schließlich. Er ließ alles wieder in dem Sack verschwinden und sah auf. „Das Problem ist nur: Es ist zu teuer. Heutzutage kaufen die Leute nur noch da, wo's billig ist.“

Lou versuchte, sich ihre Verzweiflung nicht anmerken zu lassen, aber ein tiefer Seufzer kam aus ihrer Brust.

„Du könntest es bei Mallinckroth versuchen“, schlug Herr Ludwig vor, als er ihre sorgenvolle Miene sah. „Der gibt seinen Pferden nur das Beste. Den kennst du doch, oder?“

In der Tat. Besser, als ihr lieb war. Lou nickte nur und befestigte die Säcke wieder vorn am Sattel. Dann saß sie auf und hob grüßend die Hand, während sie im Schritt davonritt.

Der Futterhändler blickte ihr mit gerunzelter Stirn nach. Lou hatte zwar nichts gesagt, aber es war überdeutlich, dass sie dringend Geld brauchte. Ging es dem Immenhof wirklich so schlecht? Ludwig hatte Lous Vater gut gekannt. Es tat ihm in der Seele weh, dass der Hof offenbar in Not war. Hoffentlich hatten die Mädchen noch eine andere Option, als Futter zu verkaufen.

Für Cagliostro wurde es langsam ernst. Morgen sollte er in seinem ersten Rennen für Mallinckroth starten, die Anreise zur Rennbahn war für den Abend geplant.

Doch seine Platzangst hatte sich leider nicht über Nacht in Luft aufgelöst, deshalb hatte Runa ein Verladetraining angesetzt.

Der silbrig glänzenden Lkw parkte einladend auf dem geharkten Innenhof. Die breite Rampe war heruntergelassen und mit Stroh eingestreut, im Transportabteil lag ein Bündel Heu.

Doch der Hengst schien keinen Appetit zu haben. Wie festgeschraubt stand er da und rührte sich nicht.

„Jetzt komm schon!", redete Runa ihm zu, aber ihrer Stimme war anzuhören, wie nervös sie war. Die Zeit drängte. „Ist ein ganz normaler Transporter. Den kennst du doch! Also stell dich nicht so an."

Cagliostro schien ihren Worten zu lauschen, doch er weigerte sich, auch nur einen Huf auf die Rampe zu setzen.

Seit dem Tod ihres Vaters kümmert sich Charly (22) um ihre jüngeren Schwestern Emmie (11) und Lou (16). Gemeinsam versuchen die drei, ihr Zuhause – den Immenhof – zu retten.

Emmie kümmert sich am liebsten um das braun gescheckte Zirkuspony Krümel und das winzige schneeweiße Fohlen Mikro.

Wie ihr Vater hat auch Lou das besondere Talent,
Pferde genau zu verstehen und richtig mit ihnen umzugehen.

Dieses Talent zeigt sich stark in der innigen Beziehung
zu ihrer Stute Holly. Für Lou bedeutet Holly alles!

Bei einem Ausritt mit Holly entdeckt Lou einen schwarzen Hengst, der im Moor feststeckt. Nach einer anstrengenden Rettungsaktion nimmt Lou ihn mit zum Immenhof.

Kurze Zeit später taucht dort der hippe YouTuber Leon auf, der auf dem Immenhof Sozialstunden ableisten soll und überhaupt kein Interesse an Tieren hat.

Bei dem geretteten Hengst handelt es sich um das berühmte Rennpferd Cagliostro, das dem Nachbargestüt Mallinckroth gehört. Trainerin Runa versucht, Cagliostro zu verladen – ohne Erfolg.

Mallinckroths freundlicher Stallmanager Viktor mischt sich ein. Es muss eine andere Lösung geben, Cagliostro auf das Nachbargestüt zu bringen. Der Hengst scheint Angst vor engen Räumen zu haben.

Nachdem es zwischen Lou und Leon ordentlich gekracht hat, findet Leon sich auf dem Immenhof doch noch gut zurecht und kümmert sich sogar freiwillig um die Pferde.

Um dem ganzen Trubel zu entfliehen, verbringt Lou einen schönen Nachmittag mit ihrem Kindheitsfreund Matz am Strand.

Lou muss ihre Stute schließlich doch an Mallinckroth übergeben. Viktor verspricht, gut für Holly zu sorgen.

Lou schleicht sich nachts zu Holly und reitet mit ihr aus. Holly reagiert auf Lous bloße Gedanken. Noch nie war sie so eins mit ihrer Stute.

In der Hoffnung, den Hof und Holly zu retten, bietet Lou Mallinckroth an, sich um Cagliostros auffälliges Verhalten zu kümmern.

Lou hat es geschafft, Cagliostro fit für das Rennen zu machen.
Mallinckroths Team kann es kaum glauben.

Lou versteht plötzlich, wie viel Leon ihr bedeutet – und wie sehr sie ihn vermissen wird. Schweigend genießen sie diesen Moment und lassen sich die Meeresbrise um die Nase wehen.

Jetzt kamen auch noch Mallinckroth und Viktor dazu. Der Gestütschef wirkte ungeduldig.

„Allmählich solltest du es hinkriegen“, fuhr er Runa an. Mit finsterer Miene betrachtete er seinen Millionenkauf, der wie ein bockiger Esel vor der Rampe parkte. „Ich hab ein Vermögen in ein Rennpferd investiert, damit es Rennen läuft und nicht den ganzen Tag auf der Koppel steht.“

Runa biss die Zähne zusammen. Das Verhalten von Cagliostro warf kein gutes Licht auf sie als Trainerin, das war ihr sonnenklar. Sie führte den Hengst eine Runde über den Hof und versuchte es noch einmal. Ohne Erfolg.

„Vielleicht hat er Angst vor der Rampe. Wie Attikus damals“, meinte Mallinckroth zu Viktor.

Runa stöhnte innerlich. Sie hatte keine Ahnung, wer dieser Attikus war. Mit Cagliostro hatte sie genug zu tun. Sie wurde einfach nicht schlau aus ihm. Fürchtete er sich wirklich? Oder war er einfach nur stur? Weil ihr nichts anderes einfiel, versuchte sie noch einmal den Trick mit dem Tuch und verband dem Hengst die Augen. Prompt marschierte er brav los. Aber er schien die Rampe zu wittern. Dicht davor blieb er stehen und riss widerwillig den Kopf hoch.

Mallinckroth reichte es langsam. „Ich ruf jetzt Dunkin an, vielleicht weiß er, woran es liegen könnte."

Runa nahm Cagliostro das Tuch ab. Sie war mit ihrem Latein am Ende.

„Er ist für morgen angemeldet und muss starten!", schnarrte ihr Chef.

Als ob Runa das nicht wüsste. „Wir können ihm ein Beruhigungsmittel geben. Ein leichtes", meinte sie.

Mallinckroth wischte ihren Vorschlag mit einer Handbewegung beiseite. „Grandiose Idee! Damit er beim Rennen einschläft und alle anderen an ihm vorbeiziehen."

Er hatte nicht unrecht, das wusste Runa. Die Dosierung bei solchen Experimenten war heikel.

Viktor begann eine große Decke über die Rampe zu breiten, die den Hufschlag dämpfen sollte. Denn manche Pferde fürchteten sich beim Verladen genau davor: vor ihren eigenen polternden Schritten.

Also gut, Runa wollte einen letzten Versuch wagen. Noch einmal ging sie mit Cagliostro los, aber das Ergebnis war dasselbe: Der Hengst erstarrte vor der Rampe zum Denkmal.

Mallinckroth sah Viktor kühl an. „Wir fahren um achtzehn Uhr hier los“, sagte er, drehte sich um und stapfte davon.

In Runas Gesicht stand die pure Verzweiflung. „Er hat leicht reden! Was soll ich tun? Ihn vielleicht reintragen?“

Bei der Vorstellung huschte ein kurzes Grinsen über Viktors Gesicht, aber er riss sich zusammen.

„Was war denn mit diesem Attikus?“, wollte Runa wissen.

„Er war Mallinckroths Liebling. Gewann alle großen Rennen, bis er sich eines Tages beim Verladen in den Transporter so schwer verletzte, dass er nie wieder an einem Rennen teilnehmen konnte.“

Runa schwieg. Tolle Geschichte. Machte einem richtig Mut.

# Kapitel 12

Hollys Hufe klapperten über die alte Brücke, die das Immenhof-Flüsschen querte. Der Himmel war mittlerweile aufgerissen, die Sonne strahlte golden zwischen Wolkentürmen hindurch. Aber Lou nahm die magische Stimmung gar nicht wahr. In Gedanken ging sie wieder und wieder alle möglichen Pläne zum Geldverdienen durch, aber langsam wurde ihr klar, dass es fast unmöglich war, in so kurzer Zeit so viel Geld aufzutreiben. Entweder sie machten eine überraschende Erbschaft. Oder sie gewannen im Lotto. Oder auf dem Dachboden tauchte ein verschollener Schatz auf. Aber genauso gut konnte sie sich wünschen, dass die Pferde ab morgen goldene Äpfel legten. War ebenso unwahrscheinlich.

Die Tore der Immenhof-Einfahrt tauchten vor ihnen auf. Vor dem Paddock sprang Lou aus dem Sattel und begann ihre Stute abzuzäumen. Den Inhalt der Säcke würde sie später zurückräumen.

Das Brummen eines schweren Motors dröhnte durch die Stille. Ein Mallinckroth-SUV rollte heran, die Türen klappten auf, und Viktor und Runa stiegen aus.

Lou schnaufte. „Ich sag's ja. Je später der Abend, desto beschissener die Gäste." Sie nahm Holly am Halfter, führte sie auf den Paddock und bedankte sich bei ihr mit einem Streicheln für den langen Ausritt. Dann lief sie zu den Besuchern hinüber.

„Hallo, Lou", rief Viktor. „Ich hoffe, wir stören nicht!"

„Und wenn schon", zischte Runa. „Herr Mallinckroth ist stinksauer."

Von der anderen Seite kam Charly angelaufen. Sie hatte Runas letzte Worte gehört.

„Ist ja ganz was Neues!", sagte sie ironisch.

Lou stellte sich neben ihre große Schwester. Ihr Herz flatterte nervös wie ein eingesperrter Vogel im Käfig. Was wollte Mallinckroth denn jetzt schon wieder?

„Das wird ein böses Nachspiel haben", fing Runa

an. „Er musste das Rennen absagen, weil Cagliostro sich weigert, in den Anhänger zu gehen."

Viktor neben ihr starrte unbehaglich auf seine Schuhspitzen.

„Wir sind hier, um herauszufinden, woran es liegen könnte", sagte er vorsichtig. „Möglicherweise hängt es mit dem Moor zusammen?"

Lou konnte es nicht fassen. Der Hengst war irgendwie vom Gestüt entkommen. Dafür waren nur Mallinckroth und seine Leute verantwortlich. Auch dass Cagliostro sich ins Moor verirrt und in den Tümpel gefallen war, konnte er wohl kaum Lou in die Schuhe schieben. Stattdessen hatte sie ihn gerettet. Und jetzt sollte es ihre Schuld sein, dass er nicht in den Hänger ging? Es war komplett absurd, aber mit Logik konnte man Mallinckroth nicht überzeugen, so viel war ihr mittlerweile klar. Hinter seiner Wut steckte etwas anderes. Nur was?

„Wie gesagt, ich hab ihn zufällig entdeckt", sagte sie knapp. „Wie lange er schon da war, weiß ich nicht. Denke, es muss schon eine Weile gewesen sein, weil er erschöpft war. Wir haben ihn dann herausgezogen."

Das wollte sie noch mal betonen, auch wenn ein Dankeschön wohl zu viel verlangt war. Aber plötzlich hatte sie eine Eingebung. Sie sah Viktor an. „Kann ich ihn mir ansehen?"

„Das ist eine gute Idee", sprang Charly ihr sofort zur Seite. „Lou kennt sich mit Pferden super aus."

Das war Lou fast wieder zu viel. Aber es stimmte schon, sie hatte von klein auf, genau wie ihr Vater, einen ganz besonderen Draht zu den Vierbeinern gehabt. Sie brauchte dazu keine Worte und keine Hilfsmittel. Die Pferde vertrauten ihr einfach.

Aber Runa verzog verächtlich den Mund. „Auf keinen Fall. Herr Mallinckroth möchte nicht, dass *sie* noch einmal in die Nähe seines Pferdes kommt."

Es war Charly anzusehen, wie der Zorn in ihr hochkochte.

„Dann ist das Gespräch beendet", sagte sie mühsam beherrscht. Sie bedeutet Lou, ihr zu folgen, und lief ohne ein weiteres Wort zum Wohnhaus.

Mit gequältem Blick eilte Viktor hinter den Schwestern her. „Charly? Können wir kurz reden? Unter vier Augen?"

Schnaufend blieb Charly stehen. „Meine Schwester kann bleiben", bestimmte sie.

Runa verstand und dampfte beleidigt ab.

„Ich hab wirklich versucht, ihm die Kündigung des Vertrags auszureden …", begann Viktor.

„Was will er mit dem Hof?“, unterbrach Charly ihn, den Tränen nahe. „Ich versteh’s nicht. Keiner von uns.“ Wollte er sein Gestüt vergrößern? Aber es war doch bereits riesig.

Viktor wand sich unter Charlys bohrendem Blick. „Es geht nicht nur um den Hof!“, sagte er langsam. Es war ihm anzusehen, dass er am liebsten kehrtgemacht hätte.

„Es geht auch um die Stute“, brachte er schließlich hervor.

„Holly?“ Lou schrie beinahe.

Charly war blass geworden. „Das hab ich mir schon fast gedacht!“, sagte sie leise und verschränkte die Arme vor der Brust. „Sein Plan, das beste und erfolgreichste Gestüt zu haben, funktioniert nicht. Da nützt ihm auch das viele Geld nichts. Sein neuer Champion macht Probleme. Und deswegen braucht er jetzt Holly, um sein lädiertes Image wieder aufzupolieren.“ Es waren nur Vermutungen, die Charly sich da zusammenreimte, aber Viktor widersprach nicht.

„Ich bin hier, um euch ein Angebot zu unterbreiten“, fuhr er fort. „Vielleicht könnt ihr damit den Hof retten.“

Lou hielt unwillkürlich den Atem an. Es fühlte

sich an, als hätte ihr Magen sich zu Stein verwandelt. Würde Charly darauf eingehen?

„Holly gehört meiner Schwester! Ich kann das nicht entscheiden“, erwiderte Charly schlicht.

Ein krächzendes Geräusch kam aus Lous Kehle, eine Mischung aus Aufseufzen und unterdrückten Schluchzen. Noch nie war Charly so klar auf ihrer Seite gewesen.

„Sie ist ein *Familienmitglied*“, fuhr Charly fort. „Das letzte Bindeglied zu unserem Vater.“

Es waren genau die Worte, die auch Lou gesagt hätte. Ihre Augen schwammen in Tränen.

„Was soll ich tun, Charly?“, flüsterte sie. „Ich will doch nicht schuld sein, dass wir unser Zuhause verlieren.“ Sie konnte das Schluchzen nicht länger unterdrücken.

Charly sah den Schmerz und die Verzweiflung in Lous Augen. Sanft strich sie über die Hand ihrer Schwester und nickte leicht.

„Gut, dann entscheide ich.“ Sie wandte sich an Viktor und setzte wieder ihr geschäftsmäßiges Gesicht auf. „Sag Mallinckroth, dass Holly unverkäuflich ist!“

Lou starrte sie nur an. In ihrem Kopf drehte sich alles, sie konnte keinen klaren Gedanken fassen.

Auch Viktor guckte ungläubig. „Charly, komm zur Vernunft. Ihr habt keine Chance“, sagte er. „Mallinckroth bekommt immer, was er sich in den Kopf setzt. Und er wird *alles* daransetzen, sie zu bekommen.“

Charly wusste, dass er es gut meinte. Trotzdem blieb sie dabei. „Dann werden wir eben *alles* tun, um das zu verhindern“, sagte sie entschlossen und verschwand im Haus.

Lou sah ihr nach. Mit einer ruckartigen Bewegung drehte sie sich um. Es gab jetzt nur ein Wesen, dessen Gesellschaft sie ertragen konnte.

Leon hatte den Nachmittag damit zugebracht, den Rasenmäher zu reparieren und sich anschließend den Pick-up vorgenommen. Gerade bearbeitete er die verrostete Anhängerkupplung mit der Flex, als Runa zu ihm trat. Sie hatte ihn aus der Entfernung beobachtet, während Viktor mit den Schwestern redete.

„Vergiss es!“, sagte sie und machte eine wegwerfende Handbewegung zu dem mit Rostlöchern übersäten Wagen. „Das Ding ist doch total am Arsch.“

„Einen Versuch ist es wert!“, erwiderte Leon und arbeitete ungerührt weiter.

Runa musterte ihn. Sein Blick war konzentriert, er arbeitete bedächtig und geschickt. Seine dunklen Haare standen in alle Richtungen vom Kopf ab, die Muskeln an den gebräunten Armen traten deutlich hervor. Sie fand ihn anziehend, auch wenn er sicher ein paar Jahre jünger war als sie.

„So jemand wie dich könnten wir gut auf dem Gestüt gebrauchen", sagte sie leichthin.

Leon sah nicht auf. „Glaub nicht, dass bei euch so olle Teile rumflacken", erwiderte er, rückte seine Schutzbrille zurecht und setzte die Flex neu an.

Runa betrachtete die halb verfallenen Gebäude und rümpfte die Nase. „Stimmt. Das hier ist schon sehr speziell." Sie kam noch näher, Leon konnte ihr blumiges Parfum riechen. „Nächstes Wochenende steigt das große Mallinckroth-Sommerfest. Die beste Party der Gegend. Vielleicht hast du ja Lust zu kommen." Ihr Lächeln entblößte strahlend weiße, sehr regelmäßige Zähne.

Im selben Moment eilte Lou vorbei, die zum Paddock wollte. Mit einem Blick erfasste sie, dass die Funken der Flex bis fast zu den Strohballen sprühten, die unter dem Vordach gestapelt waren. Abrupt blieb sie stehen.

„Hey, geht's noch?", fuhr sie Leon an. „Willst du

den ganzen Stall abfackeln?“ Sie wedelte Richtung Stroh.

Leon schaltete die Flex aus. Das hatte er glatt übersehen.

„Alles easy. Ich hab’s im Griff“, sagte er lässig.

Das brachte Lou noch mehr auf die Palme. „Offensichtlich hast du noch immer nicht gecheckt, worum’s hier geht!“, fauchte sie.

Eine steile Falte erschien auf Leons Stirn. Musste sie immer gleich so aus der Haut fahren? Und ihn dazu noch vor anderen so blöd anmachen? Mit einem Ruck streifte er die Handschuhe ab und schmiss sie auf den Rasenmäher.

Aber Lou war noch nicht fertig. „Wenn du nicht in der Lage bist, Verantwortung zu übernehmen, ist es besser, du packst deinen Krempel und haust ab.“ Kaum hatte sie die Worte ausgesprochen, hätte sie sie am liebsten wieder in ihren Mund zurückgeholt. Das war too much, das wusste sie selbst. Aber ihre Nerven waren zum Zerreißen gespannt.

Zu allem Überfluss mischte sich jetzt auch noch Runa ein.

„Wenn einer hier für Katastrophen zuständig ist, dann doch eher du!“ Sie schnaubte verächtlich durch die Nase. „Krieg dich ein, Pferdemädchen!“

Lou beachtete sie gar nicht. „Pferde und Menschen sind verbrannt wegen Idioten, die nicht aufgepasst haben."

Leons Kiefer mahlten. Jetzt reichte es ihm. „Am besten lässt du Matz alles machen. Der macht ja immer alles richtig!", schnauzte er zurück. Abrupt drehte er sich um und stampfte davon, seine Absätze knallten auf das Pflaster.

Kopfschüttelnd ging Runa zu dem Geländewagen zurück.

„Wie kann man nur so dämlich sein, Pferdemädchen!", hörte Lou sie noch sagen.

# Kapitel 13

Die uralte Schreibtischlampe aus Glas warf ein gelbliches Licht auf die Tischplatte, das restliche Büro war in Dunkelheit getaucht. Es ging auf Mitternacht zu, aber Lou war so unruhig, dass an Schlaf nicht zu denken war. Sie hatte den Laptop eingeschaltet und klickte fahrig durch verschiedene Seiten zum Thema Trächtigkeit. Aber die ganzen vermeintlich todsicheren Tipps hatte sie schon durch. Irgendwann landete sie bei YouTube. Kurz hielt sie inne. Ob Leon wieder abfällige Kommentare über den Immenhof ins Netz gestellt hatte? Nicht unwahrscheinlich nach der Nummer, die sie heute mit ihm abgezogen hatte. Ihr Blick flog über die Kommentare zu seinem letzten Post. Es waren über fünfzig, die meisten mitleidig.

*Halt durch, Kumpel.*

*Das Leben ist hart, aber ungerecht.*

*Du kriegst die Zeit schon rum.*

Pah, hoffentlich kriegten *sie* hier die restliche Zeit mit Leon rum. Ganz unten entdeckte sie ein neues Video.

Ohne nachzudenken klickte Lou es an.

Leon erschien auf dem Bildschirm, er stand vor dem Stall und sprach direkt in die Kamera.

„Tja Leute, es ist so weit. Ich bin verliebt."

Lous Augen weiteten sich, aber dann sah sie das Grinsen auf Leons Gesicht.

„Hätte nie gedacht, dass es ausgerechnet hier passiert, aber sie lässt mir einfach keine Chance." Die Kamera schwenkte nach links – und zoomte auf Krümel. Die Shettystute war wieder mit seiner Wasserflasche zugange. Sie setzte an, schüttelte zweimal und soff den Inhalt zügig aus. Man hörte Leon lachen, dann wuschelte er ihr zärtlich durch die Mähne.

„Das muss ihr erst mal einer nachmachen!", kam seine Stimme aus dem Off.

Obwohl Lou fest entschlossen gewesen war, alles

von Leon blöd zu finden, musste sie lächeln. Das Video war tatsächlich charmant. Krümel hatte jetzt schon jede Menge Liebeserklärungen in der Kommentarspalte. Plötzlich hatte Lou eine Idee. Und je länger sie darüber nachdachte, desto aufgeregter wurde sie. Da war er, der Lichtblick. Gleich morgen wollte sie mit Leon reden.

Leon wischte sich mit der Hand über die Stirn und hinterließ dort einen dekorativen Streifen Motoröl. Die Sonne brannte unbarmherzig von einem wolkenlosen Himmel. Er musste noch eine letzte Schraube nachziehen, dann sollte der Rasenmäher reibungslos laufen. Mit aller Kraft ruckelte er das rostige Ding fest, dann ließ er sich auf den Sitz des dunkelroten Gefährts fallen. Erwartungsvoll drückte er die Zündung. Der Motor stotterte und spuckte. Leon verpasste ihm einen aufmunternden Tritt, und endlich ertönte ein gleichmäßiges Knattern. Zufrieden packte er das Lenkrad und tat, als wollte er losbrettern.

Eine Hand tippte ihm von hinten auf die Schulter. Leon schrak zusammen.

„Leon, ich brauche deine Hilfe.“ Lous Stimme klang im Gegensatz zu gestern wieder normal, sogar fast freundlich. Mit der Spitze ihrer Cowboystiefel malte sie Kringel in den Kies.

Leon stellte den Motor aus. „Was?"

Lou sah zu Boden. „Sorry, dass ich gestern so ausgetickt bin."

Das war ja wirklich eine umwerfende Entschuldigung. „Sonst noch was?", fragte er kühl.

Lou trat von einem Bein auf das andere. Schließlich gab sie sich einen Ruck. „Ich wollte dich fragen, ob du mir helfen kannst."

Jetzt sah sie ihn direkt an. Ihre Augen hatten die gleiche Farbe wie das Meer an einem stürmischen Tag. „Bitte!"

Leon stieg vom Rasenmäher, wischte sich die Hände an einem alten Handtuch ab – und lächelte. Mädchenaugen hatte er immer schon schlecht widerstehen können.

Mit wenigen Worten erklärte Lou, was sie vorhatte, und kurz darauf saßen sie zusammen auf der offenen Ladeklappe des Pick-ups. Als Snack hatte Lou eine halbe Pizza von gestern Abend organisiert.

Leon klappte seinen Laptop auf und sah sie gespannt an. „Also, schieß los!"

Ein weiches Maul stupste an sein herabbaumelndes Bein. Madame Krümel, wer sonst? Sie ließ ihn selten länger als fünf Minuten aus den Augen. Abwesend streichelte Leon über ihre samtene Nase.

„Okay, mit wem fange ich am besten an?" Lou überlegte. Es fiel ihr schwer, eine Auswahl zu treffen. Aber es musste sein. Sie wollte versuchen, übers Internet ein paar der Immenhof-Pferde zu verkaufen, um den Kredit anzuzahlen.

„Sammy, 27 Jahre, sehr lieb und sanft, ihm fehlt ein Auge", begann sie zu diktieren.

Leons Finger schwebten über den Tasten, argwöhnisch blickte er Lou an. „Ist nicht dein Ernst, oder? Wer soll denn ein Pferd mit nur einem Auge kaufen?"

Verständnislos sah Lou zurück. Für sie waren die kleinen Schwächen ihrer Vierbeiner vollkommen normal. Oft vergaß sie sie sogar völlig, denn sie konzentrierte sich immer auf die positiven Seiten. Und war deshalb fest davon überzeugt, dass auf dem Immenhof nur wundervolle Pferde lebten, die man einfach lieben musste.

Aber Leon fand ein Pferd mit einem Auge offenbar merkwürdig. Und vielleicht war es das auch irgendwie, so ganz objektiv betrachtet.

„Hast du ja noch was anderes im Angebot? Was Jüngeres!", schlug Leon vor.

In Gedanken ging Lou ihre Lieblinge durch. „Fiona, 17, ehemaliges Springpferd, sehr verlässlich und brav. Hat Arthrose in den Vorderbeinen und hört nicht gut."

Leon, der schon angefangen hatte zu tippen, runzelte die Stirn.

Unsicher sah Lou ihn an. „Ist wohl auch nicht gerade der Verkaufsschlager, oder?"

Leon wollte nicht lügen und schüttelte den Kopf. Er blickte hinüber zur Weide. „Goldie wäre gut", meinte er, als er das fuchsfarbene Islandpferd entdeckte. Es war jung und hatte keine offensichtlichen Macken, soweit er das beurteilen konnte.

Entsetzt schüttelte Lou den Kopf. „Niemals. Sie gehört Emmie. Das würde den beiden das Herz brechen." Sie betrachtete Krümel, die gerade neugierig an den Pizzaresten schnupperte. „Wie wär's mit ihr?"

Leons Kopf schnellte nach oben, fast hätte er mit seinem Arm den Laptop vom Schoß gefegt.

„Krümel? Auf keinen Fall!" Er sah sie an, als wäre sie übergeschnappt. Energisch streichelte er über das struppige Fell der kleinen Ponystute. „Auf *gar* keinen Fall."

Lou nickte rasch. Wirklich ernst hatte sie das auch nicht gemeint. Ein Regentropfen landete auf ihrem nackten Arm. Sie sah hinauf zum Himmel. Graue Wolken hatten sich vor die Sonne geschoben. Sie stand auf und reckte sich.

„Ich glaub, wir müssen uns was anderes einfallen lassen." Ehrlich gesagt war sie ein kleines bisschen erleichtert. Wahrscheinlich hätten sich sowieso nur Menschen gemeldet, die ein Schnäppchen machen wollten. Und dafür waren ihre Pferde definitiv zu schade.

Sie sprang von der Laderampe und lief Richtung Stall. Vor dem angekündigten Gewitter wollte sie noch einen Ausritt mit Holly machen.

Regenfontänen klatschten auf das Kopfsteinpflaster und ließen es mattschwarz glänzen. In kurzen Abständen mischten sich Donnerschläge unter das Prasseln. Alle Pferde hatten sich freiwillig in ihre Unterstände und Boxen zurückgezogen. Leon warf einen besorgten Blick aus dem Stallfenster. Waren Lou und Holly etwa noch unterwegs? Hoffentlich hatten sie sich untergestellt.

Langsam rollte er die Schubkarre durch die Stallgasse. Wie er es bei Lou gesehen hatte, warf er einen prüfenden Blick rechts und links in die Boxen, um vor der Nacht noch eventuelle Hinterlassenschaften einzusammeln. Die Pferde kauten friedlich an ihrem Heu und beachteten ihn kaum.

Da wurde die Stalltür aufgerissen, und eine kalte Böe fuhr in den Gang. Mit Holly am Zügel stolperte Lou herein. Beide sahen aus, als hätten sie ein Vollbad genommen. Aus Hollys Mähne rannen Wasserbäche, Lous Klamotten trieften.

„Euch hat's ja voll erwischt!", meinte Leon und stellte die Karre ab.

Lou wischte sich die nassen Haare aus dem Gesicht und führte Holly in die Box. Dort sattelte sie die Stute sofort ab. Aus einer Handvoll Stroh drehte sie eine Art Schwamm und begann die Stute trockenzureiben. Obwohl das anstrengend war, schlotterte Lou vor Kälte. Mit dem Gewitter war die Temperatur schlagartig gesunken, der Regen war wie ein Eisbad gewesen.

Leon sah sich um. An der Tür des Büros erspähte er eine verwaschene Männerjacke. Er schnappte sie sich und eilte damit zu Lou.

Als sie die Jacke sah, ließ sie den Strohwisch

sinken. „Die gehört meinem Vater", murmelte sie.

Ungewohnt fürsorglich legte Leon ihr die Jacke über die Schultern.

„*Gehörte*, meine ich", verbesserte sie sich leise. Ihre Stimme klang belegt.

Leon lächelte. „Er hätte sicher nichts dagegen!"

Im gleichen Moment drehte Holly den Kopf, ihre Nüstern weiteten sich. Aufgeregt und mit gespitzten Ohren begann sie die Jacke von oben bis unten abzuschnuppern.

Verwundert betrachtete Lou ihre Stute. „Sie reagiert auf den Geruch von ihm", stellte sie fest.

Jetzt knabberte Holly an dem Stoff und brummelte dabei. Übermütig warf sie dann den Kopf hoch.

Wehmut zog über Lous Gesicht. „Endlich zeigt sie Interesse an was." Seit dem Tod ihres Vaters war es ihr vorgekommen, als lebte Holly hinter einem Schleier. Sie fraß zwar normal, ließ sich brav reiten, spielte mit Goldie. Aber sie war bei allem nie richtig mit dem Herzen dabei, das spürte Lou genau. Sie war da und auch nicht da. Aber in diesem Moment war sie vollkommen präsent, ihre Augen leuchteten.

Eine warme, freudige Welle stieg in Lou hoch, sie klopfte die Stute überschwänglich.

„Und du bist sicher, dass es nicht an meinem unwiderstehlichen Charme liegt?", witzelte Leon. Er konnte einfach nicht ernst sein.

Lou antwortet nicht. Sie legte den Kopf an Hollys Stirn und schloss die Augen.

Leon beobachtete die friedliche Szene. „Du weißt wohl immer, was in ihr vorgeht?", fragte er leise.

Schulterzuckend richtete Lou sich wieder auf. „Pferde haben ihre eigene Sprache. Es dauert ein bisschen, bis man ihr Vokabular entschlüsselt."

„Verstehe." Leon nickte.

Überrascht sah Lou ihn an. „Echt?"

Er grinste und hob die Hände. „Oh Mann, nein, kein Wort."

Leons einfühlsame Minute war offenbar vorbei. Lou streichelte Holly noch einmal und schob dann die Stange vor die Box. Gemeinsam gingen sie Richtung Büro.

„Pferde sind der Spiegel deiner Seele", versuchte Lou zu erklären. „Manchmal gefällt dir nicht, was du siehst – manchmal aber doch."

Leon guckte sie belustigt an und schüttelte den Kopf. „Auf alle Fälle sieht's bei dir so einfach aus.

Wie Holly zu dir gekommen ist, als sie mit Cagliostro auf der Koppel war, das war schon Weltklasse."

Lou hob wieder die Schultern. Für Außenstehende sah es aus wie Magie, aber das Geheimnis bestand darin, dass Holly ihr vertraute. Deshalb folgte sie ihr ohne Zögern. Sie wusste, dass ihr bei Lou nichts Schlimmes passieren konnte. Für das Fluchttier Pferd war das Gefühl von Sicherheit lebenswichtig.

„Sie ist nicht gekommen, weil *ich* es wollte, sondern *sie*", fuhr Lou fort. „Das ist der Punkt: ein Pferd dahin zu bringen, dass es das, was es tut, selbst will. Ohne Zwang und Gewalt." Im Vorübergehen streichelte sie die Pferdenasen, die sich ihr entgegenreckten.

Leon verstand ungefähr, was sie sagen wollte. „Du meinst Cagliostro?"

Lou nickte. „Mallinckroth hört nicht, was er sagt. Und weil er nicht weiß, was in ihm vorgeht, schadet er ihm."

Plötzlich war es ganz still im Stall, dunkle Pferdeaugen sahen sie an, als hätten sie jedes Wort verstanden.

„Pferde sind wunderbare Wesen. Sie geben dir alles, wenn sie dir vertrauen!" Lous Stimme schwebte durch den Raum, umhüllte sie wie eine weiche Decke.

Dann schaltete Lou das Bürolicht ein.

„Holly denkt wohl, mein Vater hätte sie im Stich gelassen!“ Sie hockte sich auf die Kante des Schreibtischs, immer noch in die dicke Jacke gewickelt. Ihr Gesicht wirkte traurig.

Nachdenklich musterte Leon sie. Er war nicht sicher, ob Lou wirklich nur von ihrem Pferd redete. Fühlte auch sie sich von ihrem Vater verlassen?

„Glaubst du das auch?“, fragte er vorsichtig.

Lou presste kurz die Lippen zusammen. „Wie kommst du darauf?“

„Das Büro!“, sagte Leon und ließ seinen Blick durch den Raum wandern. Die Wände waren rau und fleckig. Sie schrien geradezu nach einem neuen Anstrich, genauso wie die Fensterrahmen. Mit den vollgestopften Regalen, den Pokalen und den alten Unterlagen, die überall herumlagen, sah es aus, als wäre Robert Jansen nur mal kurz hinausgegangen. Alles wirkte irgendwie muffig.

„Emmie sagt, du hast daran bis heute nichts verändert“, fuhr Leon fort.

Lous Augen verdunkelten sich zu tiefen Seen, ihre Unterlippe zitterte leicht.

„Ich vermisse ihn! Jeden einzelnen Tag", brachte sie hervor. Noch nie hatte sie mit jemandem darüber geredet. Ihre Schwestern schienen nach den Jahren irgendwie mit dem Verlust leben zu können, Lou fiel es immer noch unendlich schwer.

„Das verstehe ich", sagte Leon leise. „Ich vermisse meine Großmutter auch. Bin bei ihr aufgewachsen, nachdem meine Mutter meinen Vater und mich verlassen hat. Da war ich gerade mal sechs."

Erschüttert sah Lou ihn an. Was für eine heftige Geschichte. „Wieso hat sie das getan?", wollte sie wissen.

„Sie ist Wissenschaftlerin und hatte einen Lehrauftrag in den Staaten erhalten. Darauf wollte sie nicht verzichten." Die Worte flossen schnell aus seinem Mund, aber Lou merkte, dass ihn das Thema schmerzte.

„Tut mir leid." Sie sah in seine bernsteinfarbenen Augen. „War bestimmt nicht leicht für dich und deinen Vater. Meine Mum ist gestorben, da war ich sechs. Mein Dad hat sich dann allein um uns gekümmert."

Sie schwiegen einen Moment, aber es fühlte sich nicht unangenehm an. Lou hätte nicht gedacht, dass sie etwas mit Leon verband. Aber sie beide hatten jemanden verloren, der ihnen viel bedeutete. Und sie konnte sogar mit ihm darüber reden – mit Leon, dem Zyniker, dem Sprücheklopfer. Mit schief gelegtem Kopf betrachtete sie den Jungen, der die Videohüllen im Regal studierte.

„Ich würd dir meinen Vater gern zeigen, aber leider ist der Rekorder kaputt."

Leon nahm ein paar der alten Videotapes. „Schon mal dran gedacht, die ollen Dinger auf DVD zu überspielen?", fragte er grinsend. Sein Blick schweifte weiter durch das Büro. Auf der Kommode hinter dem Schreibtisch erspähte er die Olympiamedaille, die an einem großen gerahmten Foto von Robert Jansen und Holly hing. Er ging näher. „Wow! Wie cool." Noch nie hatte er eine echte Olympiamedaille direkt vor sich gesehen. Ihr matter goldener Glanz strahlte etwas Würdevolles, Erhabenes aus.

Um Lous Mund spielte ein Lächeln. „Sie und Holly sind mein Ein und Alles!"

Leon betrachtete das Foto von Lous Vater, einem gut aussehenden Mann mit vollen dunklen Haaren, um dessen Hals die goldene Medaille hing. Er hatte eine Hand um Hollys Nase gelegt und blickte sein

Pferd mit einer Mischung aus Dankbarkeit und Bewunderung an.

„War wohl ein echter Crack!“, sagte Leon.

Lou konnte nicht antworten. Zu viele Erinnerungen kamen hoch, wenn sie das Bild länger ansah. Ihr Vater war für sie der wichtigste Mensch gewesen. Jemand, den sie unendlich bewunderte, mit dem sich wortlos verstand und der das Gleiche für die Pferde fühlte wie sie. Robert Jansen hatte sich trotz Olympiasieg bald aus dem Sport zurückgezogen. Er hatte genug davon gehabt, dass Pferde sich ihre Gesundheit ruinieren mussten, damit Reiter und Besitzer viel Geld verdienten. Genug von einem System, in dem Pferde Sportgeräte waren und ihre Würde nicht geachtet wurde. Stattdessen hatte er sich neuen, sanften Trainingsmethoden zugewandt, hatte die Sprache der Pferde gelernt, statt ihnen Befehle zu geben. Und war damit sehr erfolgreich geworden. Aus ganz Deutschland und sogar aus dem Ausland waren die Leute mit ihren „schwierigen“ Pferden zu ihm gereist. Robert Jansen hatte vermittelt, erklärt und dafür gesorgt, dass Mensch und Tier besser miteinander zurechtkamen. Nicht selten war ein Pferd auch für immer auf dem Immenhof geblieben.

Leon kam näher, bis er dicht vor ihr stand. „Ein Crack, so wie du!“ Seine Augen tauchten in ihre, wollten sie überzeugen.

Aber Lou schwieg. Ihr Vater hatte so viel mehr Erfahrung und Wissen gehabt. Seine Fußstapfen waren groß. Riesig. Lou wusste nicht, ob sie sie jemals würde ausfüllen können. Ihr Vater stand für sie irgendwo da oben, sie selbst fühlte sich im Vergleich dazu klein und unbedeutend. Ja, sie verstand die Sprache der Pferde. Sie beruhigten sich in ihrer Gegenwart. Aber das war doch nicht wirklich was Besonderes. Leon lag falsch. Oder?

# Kapitel 14

Am nächsten Morgen hing immer noch eine dunkle Wolkenfront über dem Tal, der Regen hatte erst vor einer Stunde aufgehört.

Leon hatte Frühdienst und schwang im alten Stalltrakt die Mistgabel. Wie immer in Begleitung von Krümel, die allmählich so was wie sein Schatten wurde. Als Leon die nächste volle Gabel auf die Schubkarre beförderte, hob die Ponydame im Gang den Schweif. Leon wusste mittlerweile, was das bedeutete. „Duuu!“, warnte er. „Denk nicht mal im Traum dran. Wenn gekackt wird, dann hier drauf! Kapiert?“ Er hielt ihr die Gabel unters Hinterteil, und das gut erzogene Pony ließ artig seine Äpfel darauf fallen.

„Siehste", lobte Leon sie grinsend. „Geht doch."

Im Hof stand Holly angebunden am Putzbalken. Lou und Emmie wollten ihr das getrocknete Regenwasser aus dem Fell bürsten und ihre verknotete Mähne entwirren. Die Stute, die gerade noch zufrieden vor sich hingedöst hatte, begann plötzlich nervös mit den Ohren zu spielen und hob den Kopf.

„Irgendwas hat sie." Emmie ließ stirnrunzelnd die Bürste sinken.

Holly wich zurück, bis der Strick sich spannte, ihre Nüstern angstvoll gebläht.

Seltsam. Lous Augen folgten ihrem wachsamen Blick – und sahen einen der schweren Geländewagen von Mallinckroth durch das Tor fahren.

Sie streichelte ihren Hals. „Ruhig, mein Mädchen! Kein Grund zur Panik." Aber auch in ihr stieg eine unerklärliche Unruhe auf, ihr Herz begann zu pochen.

Einer der Mallinckroth-Schergen stieg aus dem Auto. Morris war sein Name, wenn Lou sich richtig erinnerte, ein kräftiger Mann mit Dreitagebart und halblangen Haaren, die er zum Zopf gebunden hatte. Zügig lief er auf den Treppenaufgang zu.

„Die schon wieder!" Emmie klang genervt, aber gleichzeitig sah sie ihre Schwester ängstlich an. Lou hätte ihr gern etwas Beruhigendes gesagt, aber ihr fiel beim besten Willen nichts ein, ihr Gehirn war wie leer gefegt. Eine dunkle Ahnung breitete sich in ihr aus, griff mit kalten Fingern nach ihrem wild puckernden Herzen.

Die Mädchen beobachteten, wie Charly die Haustür öffnete und Morris begrüßte. In der Hand hielt sie einen Umschlag. Doch als sie ihn Morris übergeben wollte, hob der abwehrend die Hände und schüttelte den Kopf.

„Was tut die da?", fragte Emmie bang.

„Keine Ahnung", flüsterte Lou – als ihr Herz im nächsten Moment beinahe stehen blieb.

Morris deutete in Richtung der Paddocks. Genauer: zu dem Anbindebalken, an dem Holly stand. In derselben Sekunde warf Holly sich zurück und wieherte schrill.

Schlagartig wusste Lou, dass sie verloren hatten. Mallinckroth hatte Charlys Anzahlung abgelehnt. Er wollte das, worauf er es von Anfang an abgesehen hatte: Holly.

Keine halbe Stunde später rollte der alte Pferdeanhänger hinter Charlys Jeep rumpelnd vom Hof. Es hatte wieder zu regnen begonnen. Dicke Tropfen fielen vom Himmel, immer mehr, immer schneller, wurden zu grauen Schnüren, die den Anhänger hinter einem Schleier aus Wasser verschwinden ließen. Nur noch die roten Punkte der Rücklichter waren zu erkennen, die rasch kleiner wurden.

Holly war weg. Gnädigerweise durfte Lou sie noch bis zum Gestüt drüben begleiten.

Stumm starrten Emmie und Leon dem Transporter hinterher. Sie merkten nicht, wie ihre Shirts durchweichten. Auf Emmies Wangen mischte sich Regenwasser mit Tränen.

„Lou hätte weglaufen sollen und Holly mitnehmen“, schluchzte sie, bevor sie sich umdrehte und davonstürzte.

Leon stand da wie erstarrt. Weglaufen hätte nichts genützt, das wusste er. Entweder Holly, oder Mallinckroth hätte den Immenhof sofort zur Zwangsversteigerung freigegeben. Lou hatte keine Wahl gehabt.

Durch eine graue Regenwand näherte sich das Hängergespann dem herrschaftlichen Gestütsanwesen. Die Bäume rechts und links der Allee wirkten wie stumme Wächter, deren glänzend dunkle Stämme sich im Wind ehrfürchtig zur Seite neigten.

Unter einem großen Schirm warteten Runa und Viktor. Aus Viktors Kehle kam ein tiefer Seufzer.

Runa warf ihm einen kühlen Blick zu. „Du hast doch wohl kein Mitleid?"

„Und wenn, wäre ich wohl der Einzige", schnaubte ihr Kollege.

Der Pferdetransporter bremste direkt vor ihnen. Lou kletterte vom Beifahrersitz. Ihr Gesicht hinter dem nassen Haarvorhang war bleich, sie fuhr sich mit der Hand über die Augen, bevor sie wortlos nach hinten lief und die Hängerrampe öffnete.

Charly knallte die Fahrertür zu, mit drei Schritten war sie bei ihnen.

„Ich hoffe, ihr habt jetzt, was ihr wollt!", fuhr sie Runa an. Viktor würdigte sie keines Blickes.

Der hob unglücklich die Hand. „Charly …"

Aber sie ließ ihn einfach stehen und ging zu ihrer Schwester, um beim Ausladen zu helfen.

Lou hatte die Rampe heruntergelassen und dirigierte ihre Stute behutsam rückwärts ins Freie. Zögernd setzte Holly einen Huf vor den anderen. Als sie Runa erblickte, schnaubte sie, ihre Ohren vibrierten unruhig. Kannte sie die Trainerin noch von früher?

„Ruhig, Holly. Alles gut!", murmelte Lou und

streichelte über die weichen Nüstern. „Ich lass dich nicht hier!“, flüsterte sie. „Ich hol dich wieder nach Hause! Das verspreche ich dir.“ Sie schmiegt ihr Gesicht noch einmal an Hollys regennasse Wange. Dann zwang sie sich zurückzutreten. Mit mechanischen Bewegungen übergab sie Viktor, der sich unter dem Schirm hervorgewagt hatte, den Führstrick.

„Keine Sorge, Lou. Es wird ihr an nichts fehlen“, versicherte er ihr. „Ich kümmere mich persönlich um sie!“ Es war ihm anzusehen, wie sehr es ihn schmerzte, Lou von ihrem Pferd zu trennen.

Lou nickte schweigend, nestelte die Tasche, die sie sich umgehängt hatte, über den Kopf und reichte sie ihm. Sie war bis obenhin gefüllt mit Futtermitteln. Aus ihrer Jacke zog Lou noch eine Liste. „Da steht alles drauf. Man muss ihr Heu anfeuchten, sonst … sonst …“ Die Tränen schnürten ihr die Kehle zu, sie konnte nicht weitersprechen.

Behutsam nahm Viktor ihr beides aus der Hand.

Lou spürte einen Arm auf ihrer Schulter, der sie sanft Richtung Auto zog. Tränenblind stolperte sie neben Charly her. Am liebsten hätte sie sich genau hier, mitten auf dem Hof, auf den Boden gelegt und wäre nie mehr aufgestanden.

Charly drückte sie in den Sitz, dann lief sie nach hinten und schloss die Hängerklappe.

Lou starrte durch die Windschutzscheibe, auf der das Wasser in Sturzbächen herunterrauschte. Verschwommen sah sie, wie Runa Holly übernahm und wegführte. Die Stute drehte sich noch ein paarmal um, einmal schickte sie ein helles Wiehern zum Auto. Dann war sie hinter den Stallungen verschwunden.

Nur noch Viktor stand da, klatschnass, und versuchte, auf dem verwaschenen Papier etwas zu entziffern.

Lou saß da wie betäubt. Konnte ein Herz brechen? Es fühlte sich jedenfalls so an. Mit jedem Meter, den Holly sich von ihr entfernte, wurde der Schmerz stärker; ihr ganzer Körper tat weh, jede einzelne Zelle.

Charly stieg ein, ließ sich in den Sitz fallen und schloss die Augen. „Ich hab ihm Geld angeboten. Alles, was wir hatten“, sagte sie tonlos.

Lou nickte stumm und lehnte den Kopf an die Scheibe. Unaufhörlich rannen die Tränen über ihre Wangen. Sie fühlte sich wie tot.

Der Tag blieb grau. Ein scharfer Wind wehte über den Hof, riss an den Fensterläden, heulte durch die Ritzen. Seit Stunden hatte Lou sich im Büro eingeschlossen, ohne ein Wort war sie nach der Rückkehr darin verschwunden. Die hintere Tür grenzte an den Hof und war geschützt durch einen breiten Arkadengang. Vor der alten Eichentür mit dem Rautenfenster stand Emmie, rüttelte an der Klinke und pochte an das Holz. Mikro neben ihr drückte solidarisch sein kleines Maul gegen die Tür.

„Lou, mach auf! Bitte", flehte Emmie.

Drinnen blieb es still, nichts rührte sich. Emmie versuchte es weiter, sie klopfte und rief.

Vom Lärm aufgeschreckt, kam Leon heraus. Als er Emmies verzweifelte Bemühungen sah, eilte er zu ihr.

„Lass ihr ein bisschen Zeit", meinte er, legte den Arm um ihre Schultern und wollte sie behutsam beiseiteziehen.

Emmie sah richtig verstört aus. „Lou hat sich nur einmal eingesperrt", sagte sie, mit den Tränen kämpfend. „Als der Stall gebrannt hat."

Abrupt blieb Leon stehen. „Euer Stall hat gebrannt?"

Aus Emmies Mund drang ein Schluchzen. „Dabei

ist mein Papa doch gestorben. Als er die Pferde gerettet hat. Als Letztes Holly."

Auf einen Schlag fielen in Leons Kopf mehrere Puzzlestücke an ihren Platz. Lous Wut, als er mit der Flex gearbeitet hatte. Ihre Angst vor Feuer. Und noch etwas anderes verstand er: dass Holly für Lou, für alle auf dem Immenhof, viel wertvoller war, als er jemals geahnt hatte.

# Kapitel 15

Am Abend machte Leon noch einmal eine Runde über den Hof. Das Wetter war immer noch ungemütlich, auf den Paddocks war kein Pferd zu sehen. Sein Blick wanderte zur Tür des Büros, die immer noch verschlossen war. Das Abendessen hatte Lou ausfallen lassen. Die Stimmung am Tisch war ohnehin miserabel gewesen.

Ein vertrautes Knattern näherte sich. Matz kam auf den Hof gebraust und parkte sein Quad direkt vor dem Büro. Jemand musste ihm erzählt haben, was passiert war.

Matz bemerkte Leon nicht, der ein Stück entfernt an der Ladefläche des Pick-ups lehnte und ihn nicht aus den Augen ließ.

Energisch klopfte der blonde Junge an die Tür, presste sein Ohr gegen das Holz und lauschte.

Nichts rührte sich.

„Ich bleib so lange, bis du aufmachst, und wenn das bis nächste Woche dauert!", rief Matz.

Lou schien auch Zeit bis nächsten Monat zu haben. Es blieb still. Doch nach einigen Minuten näherten sich Schritte, die Tür flog auf.

„So, aufgemacht und tschüss", sagte Lou statt einer Begrüßung. Sie war sehr blass, ihre Augen waren gerötet und verquollen. Sie bückte sich, griff nach einem der Futtereimer, die Emmie vorbereitet hatte, und marschierte Richtung Koppel.

Matz sprang neben ihr her wie ein Hund, der sich halb tot freute, dass Herrchen endlich wieder aufgetaucht war. „Ich wusste, dass du dich nicht unterkriegen lässt!"

„Worauf du wetten kannst." Lou blickte starr geradeaus.

Matz musste sich ziemlich anstrengen, um mit ihr Schritt zu halten. „Wie ist der Plan?", wollte er wissen.

Lou gönnte ihm einen kurzen Blick. „Da ich leider nicht davon ausgehen kann, dass ein Meteoritenschauer Mallinckroth trifft, muss ich mir etwas einfallen lassen, wie ich Holly zurückhole und den Hof retten kann."

Leon musste an den Hit eines deutschen Sängers denken. Der musste auch nur kurz die Welt retten. Aber eine Nummer kleiner ging es wohl gerade nicht.

Matz lachte. „That's my girl!", sagte er wie ein Möchtegern-Rapper und zielte mit dem Zeigefinger auf Lou.

Leon lachte nicht. Die best Buddies waren also wieder ein Herz und eine Seele. Wieso störte ihn das plötzlich? Kopfschüttelnd wandte er sich ab und schlenderte zurück ins Haus.

Lou und Charly waren am nächsten Morgen die Ersten beim Frühstück. Charly hatte sich Mühe gegeben und den Tisch besonders schön gedeckt, um Lou eine Freude zu machen. Es gab Brötchen und Croissants, Nougatcreme, heißen Tee, gekochte Eier und Orangensaft. Im Garten hatte sie ein paar Blumen gepflückt und in kleinen Glasvasen auf dem Tisch verteilt.

Trotzdem bekam Lou kaum einen Bissen runter. Ihre Nacht war miserabel gewesen. Immer wieder hatte sie das Bild vor sich gesehen, wie Holly von

Runa abgeführt wurde. So hatte es sich zumindest angefühlt. Sie wusste zwar, dass es Holly bei Mallinckroth an nichts fehlen würde. Die Boxen waren riesig und makellos sauber, es gab nur exquisites Futter und jeden Tag Koppelgang. Aber Holly war allein. Ihre Pferdefreunde waren hier, auf dem Immenhof. Und sie kannte keinen der Menschen, der sie von nun an versorgte.

Als Lou heute Morgen an ihrer leeren Box vorbeigegangen war, hatte der Schmerz sie wieder mit voller Wucht gepackt. Das Ganze kam ihr immer noch vor wie ein böser Traum, aus dem es kein Erwachen gab. Nur mit Mühe hatte sie die Futterrunde hinter sich gebracht.

Etwas anderes hatte ihr heute Morgen zusätzlich die Stimmung vermiest. Miss Runa persönlich war vorbeigekommen und hatte einen Brief abgegeben – für Leon, wie sie betonte. Charly hatte das Kuvert gut sichtbar an Leons Eierbecher gelehnt.

„Da hat sich dieses Aas schon ihr nächstes Opfer ausgesucht“, schnaubte sie, während sie die Eier verteilte.

Wie aufs Stichwort öffnete sich die Küchentür, und Leon erschien.

„Moin, Moin“, grüßte er aufgeräumt. Er schien wild entschlossen, für gute Laune zu sorgen.

Die Schwestern warfen ihm einen abwartenden Blick zu. Charly kam mit der Kaffeekanne aus der offenen Küche und deutete auf den Brief. „Morgen, Leon. Das wurde vorhin für dich abgegeben. Persönlich.“

Verwundert betrachtete Leon den Umschlag – während ihn zwei Augenpaare förmlich durchbohrten.

„Wow! Post mit Ei. Mein Lieblingsfrühstück“, sagte er betont harmlos und ließ sich auf seinen Stuhl sinken. Er erkannte das Mallinckroth-Siegel auf der Rückseite. „Und dann nicht mal von der Staatsanwaltschaft“, fügte er grinsend hinzu.

Emmie spazierte herein, in den Händen die aufgeschlagene Morgenzeitung.

„Habt ihr’s schon gelesen?“, fragte sie, ohne den Blick von der Seite zu lösen. „Hammer.“

Genüsslich begann sie vorzulesen: „Derbyantritt beim Großen Preis von München unsicher. Cagliostro, Deutschlands erfolgreichster Galopper, entwickelt sich zum teuersten Problempferd aller Zeiten.“ Triumphierend hielt sie ihnen das Titelblatt vom Sportteil hin. Oben prangte ein Foto von Cagliostro. Neben ihm stand der stolz grinsende Mallinckroth. Lou schnappte sich die Zeitung und studierte den Artikel.

„Der arme Kerl!", meinte sie dann. „Karren ihn von Rennen zu Rennen und wundern sich, dass er bei diesem ganzen Stress irgendwann keinen Bock mehr hat. Warum lassen sie ihn nicht einfach mal in Ruhe?"

Charly pustete in ihren heißen Tee. „Träumst du? Er hat Millionen gekostet und muss jetzt Millionen abwerfen."

„Das ist doch krank!", erklärte Lou entschieden.

„Wieso?", warf Leon ein. „Ihr verkauft doch auch Pferde."

Von Charly kam ein Lachen, das nicht fröhlich klang. „Schön wär's!"

„Ja", sagte Lou gleichzeitig. „Aber wir behandeln sie wie Lebewesen und nicht wie ein Profit-Center." Der Vergleich war ihr gerade spontan eingefallen, aber er passte gut, fand sie.

Emmie nutzte die Ablenkung und schnappte sich das letzte Brötchen aus dem Korb. Dabei entdeckte sie das Kuvert und riss es ungeniert auf.

„Oh, wow!" Ihre Augen wurden groß. „Eine Einladung zum Sommerfest. Was für 'ne Ehre! Von wem die wohl ist …?“ Ihr Blick sagte, dass sie das ganz genau wusste, sie war ja nicht blöd. Sogar Emmie hatte mitgekriegt, dass Runa scharf auf Leon war.

„Aber da gehst du doch wohl nicht hin?“ Es klang eher wie eine Feststellung als wie eine Frage.

Leon sah zu Lou rüber, doch die presste nur die Lippen zusammen und guckte weg. Ihr betont gleichgültiges Schulterzucken besagte: Mir doch egal. Und in dem Moment war es wirklich so. Der Gedanke an Holly betäubte alle anderen Gefühle.

# Kapitel 16

Das Sommerfest auf dem Gestüt sollte einer der Höhepunkte des Jahres werden. Das Wetter spielte mit, die Gewitterfront war weitergezogen und hatte frische Luft und einen rosarot gefärbten Abendhimmel hinterlassen. Mallinckroth hatte an nichts gespart. Im Innenhof war eine Tanzfläche mit aufwendiger Lichtanlage und gewaltigen Boxen aufgebaut worden. Drumherum standen weiß eingedeckte Stehtische mit gekühlten Champagnerflaschen. Und am Haus gab es eine meterlange Freiluft-Bar. Eine ganze Heerschar von Angestellten in langen schwarzen Schürzen und weißen Hemden war mit letzten Vorbereitungen beschäftigt, verteilte Häppchen, Blumenschmuck und Gläser.

Zur Einstimmung beschallte coole Loungemusik das Gelände. Erste Limousinen fuhren vor und lieferten Gäste ab. Passend zum heißen Sommer lautete das Motto des Fests „Ibiza“, und so hatten sich die Frauen in kurze Flatterkleider geworfen, trugen bunte Ketten, Armbänder und Strohhüte zu offenen, langen Haaren. Die Männer kamen in weißen Leinenanzüge und Loafers.

Mallinckroth trat aus seinem Arbeitszimmer hinaus auf den kleinen Balkon, der von einem verschnörkelten Metallgitter eingefasst wurde. Nachdenklich betrachtete er von oben das Gewimmel im Hof. Eigentlich hatte er heute den ersten Start seines Champions beim Derby ankündigen wollen, aber bei dessen Verhalten war das wohl etwas zu voreilig. Sein Blick wanderte hinüber zu dem Sandpaddock, der mittlerweile Cagliostros Zuhause geworden war. Mallinckroth seufzte. Ein Rennpferd, das Tag und Nacht draußen lebte wie irgendein Pony und auch schon genauso staubig und verlottert aussah. Nicht zum ersten Mal fragte er sich, was sie bloß falsch machten. Und hatte auch diesmal keine Antwort darauf.

Was Mallinckroth nicht wusste: Zur Party erschienen nicht nur geladene Gäste, sondern auch eine ganz und gar ungebetene Besucherin.

In Tarn-Hoodie, mit schwarzer Hose und Basecap, deren Schirm sie tief über die Augen gezogen hatte, schlich Lou zum Hintereingang, der komplett im Dunkeln lag. Zweifelnd betrachtete sie das verschlossene Metalltor, das sicher zwei Meter hoch vor ihr aufragte. Kameras waren daneben befestigt, ausgeschaltete Flutlichter reihten sich an der Mauer entlang. Ob die Alarmanlage scharf war? Egal, sie musste es riskieren. Die Sehnsucht nach Holly war stärker. Und heute waren durch das Sommerfest hoffentlich alle abgelenkt.

Sie zog sich am Tor hoch, hangelte mit dem Fuß nach Halt, doch sie rutschte immer wieder ab. Gut, dann eben die Mauer, sie war rauer und griffiger. Mit aller Kraft stemmte sie sich hoch, schaffte es mit dem Oberkörper auf die andere Seite, schwang die Beine rüber und landete nahezu lautlos auf dem Boden. Geduckt lief sie über den Hof und erreichte die ersten Paddocks. Das Timing war perfekt. Mallinckroth quasselte vor den Gästen, niemand bemerkte sie.

Nur einer nahm von ihrer Anwesenheit Notiz:

Cagliostro. Er wieherte erfreut, als sie an seinem Paddock vorbeilief. Lou sprang hinter den nächsten Baum und hielt die Luft an. Hatte er sie verraten? Vorsichtig spähte sie hinter dem Stamm hervor. Zwei Mitarbeiter liefen in einiger Entfernung vorbei, aber sie achteten nicht auf den Hengst, der aufgeregt in seinem Paddock auf und ab trabte. Lou musste weiter. Das lange, dunkelrot gestrichene Stallgebäude mit dem Vordach, das von zierlichen Säulen gestützt wurde, war ihr Ziel. Hier standen die Neuzugänge, das wusste sie von früher.

Lou drückte die Klinke der Eingangstür – und in der gleichen Sekunde schrillte eine Sirene los, grelles rotes Licht rotierte über den Hof. Erschrocken zuckte sie zurück.

„Mist. Mist. Mist."

Sofort wurde es hektisch. Der Kies knirschte unter eiligen Schritten, Türen wurden aufgerissen. Rufe hallten durcheinander, dazwischen tönte aufgeregtes Wiehern von Pferden, die aus ihrer Nachtruhe gerissen worden waren.

Lous Herz raste. Wo sollte sie hin? Panisch sah sie sich um. Cagliostros Paddock. Sie stürzte zum Zaun und versteckte sich hinter einer hölzernen Bank, die davor stand. Der Hengst kam zögernd näher, beschnupperte ihren Rücken und begann ungeduldig zu scharren.

„Hey, alles gut!“, raunte Lou und hielt ihm ihre Hand zum Beschnuppern hin. „Wir kennen uns. Schon vergessen?“ Sie zog ein Stück Karotte aus der Tasche. Der Hengst ließ sich nicht zweimal bitten und biss herzhaft in die Möhre.

„Haben die dich doch glatt in Einzelhaft gesperrt!“, murmelte Lou und sah sich auf dem Paddock um. Klar, bei einem Hengst musste man vorsichtig sein. Die Verletzungsgefahr war groß, männliche Tiere ließen sich leicht auf Kämpfe ein.

Ein heller Lichtschein von einem der Mitarbeiterhäuser riss sie aus ihren Gedanken. Eine Tür war aufgeflogen und Viktor erschien, nur mit einer Jeans bekleidet. Im Laufen zog er sich ein Hemd über.

„Leute, schaltet die Alarmanlage aus!“, hörte Lou ihn rufen.

Die Tür war offen geblieben, und eine zweite Person trat ins Licht. Lou verschlug es die Sprache. Charly. Und zwar nur in Hemd und Slip. Lou war so perplex, dass sie fast aus ihrer Deckung gekommen wäre. Nie war ihr aufgefallen, dass die beiden sich füreinander interessiert oder geflirtet hätten. Erst recht nicht in den letzten Tagen.

Zwei Stallburschen liefen gefährlich nah an dem Paddock vorbei. Lou duckte sich noch tiefer hinter die Bank und wagte nicht aufzusehen.

Viktor befahl seinen Mitarbeitern, sich in alle Richtungen zu verteilen. Er selbst verschwand mit vier Helfern im Innern des Stalls. Die Tür blieb offen. Als sich auch nach fünf Minuten nichts rührte, beschloss Lou, es zu wagen. Sie richtete sich auf und nickte dem Hengst zu. „Danke für deine Gastfreundschaft! Ich geh jetzt mal mein Mädchen suchen."

Sie schlich zu den Stallungen hinüber und verschwand in der Stallgasse. Angestrengt studierte sie die Boxenschilder rechts und links, als von hinten ein leises Wiehern zu hören war. Lou hätte es unter Hunderten erkannt. Zielstrebig eilte sie darauf zu.

Der kleine Zwischenfall hatte der Party keinen Abbruch getan. Die Musik hatte gewechselt, lauter Dancefloor beschallte jetzt die Tanzfläche. Eine Lightshow tauchte die Gesichter der Tanzenden in buntes Flackerlicht, die Tische und Wege ringsum wurden von warmem Fackelschein erleuchtet. Der Lärmpegel war deutlich gestiegen, die Stimmung war auf dem Höhepunkt.

Auch Runa hatte es auf die Tanzfläche gezogen. Sie trug ein glitzerndes, rückenfreies Neckholderkleid und Plateausandalen, die halblangen blonden Haare trug sie ausnahmsweise mal offen, was ihr Gesicht weicher wirken ließ. An ihren Ohren wippten große Creolen. Sie tanzte mit Sven, einem der Gestütsmitarbeiter. Das heißt, eigentlich tanzte sie nicht wirklich, sondern wippte nur cool im Takt und nippte zwischendrin an ihrem Champagnerglas. Sie wartete auf jemanden, der noch nicht aufgetaucht war. Doch kurz darauf erspähte sie ihn neben der Tanzfläche: Leon.

Mit den Händen in den Taschen lehnte er an einem der Tische und sah zu ihr herüber. Runa leerte ihr Glas in einem Zug, fischte zwei gefüllte neue von einem Tablett und lief zu ihm. Sven ließ sie einfach stehen.

„Hey, cool, dass du gekommen bist", rief sie strahlend und umarmte ihn zur Begrüßung.

Leon lächelte zurück. Er musste zugeben, dass Runa fantastisch aussah. Vielleicht war es doch keine schlechte Idee gewesen herzukommen. Willig ließ er sich von Runa auf die Tanzfläche ziehen.

Lou hatte Hollys Box fast erreicht. Die elegante Silhouette der Stute zeichnete sich vor dem Lichtschein ab, der von draußen hereinfiel, sie sah ihr mit gespitzten Ohren entgegen. Doch von hinten näherten sich Schritte. Die Stallburschen hatten die Suche nach dem Auslöser für den Alarm anscheinend noch nicht aufgegeben.

Hastig blickte Lou sich um. Vor ihr war eine Tür. Ohne zu wissen, was sich dahinter befand, schlüpfte sie hinein. Sie war in der Sattelkammer gelandet, die aussah wie aus einem Reitsportkatalog. In den Regalen lagen akkurat gestapelt brandneue Satteldecken und Bandagen, an der Wand daneben hingen säuberlich nebeneinander die Rennsättel, darunter Halfter und Zaumzeuge.

„Ich schau mal in der Kammer“, rief einer der Helfer.

Oh nein.

Hektisch blickte Lou sich um. Dahinten war eine Treppe, die nach oben führte. Mit einem Satz sprang Lou in die dunkle Ecke hinter den Stufen. Die Tür schwang auf. Im Halbdunkel erkannte Lou Morris’ Gesicht. Er durchsuchte sorgfältig den Raum, öffnete sogar die Türen der Schränke. Er war ihr so nah, dass Lou nicht mehr zu atmen wagte.

Auf die Idee, hinter der Treppe nachzuschauen, kam er glücklicherweise nicht.

Noch einmal lauschte Morris.

„Hier ist niemand“, rief er nach einer Weile, die Lou wie eine Ewigkeit vorkam. Er ging hinaus und schloss die Tür.

„Und?“, hörte sie Viktor fragen.

„Nichts, alles okay!“, sagte Morris.

„War wohl falscher Alarm“, stellte der Manager fest. Er klang immer noch atemlos. „Ausschalten!“

Der schrille Ton verstummte abrupt, es wurde wohltuend still. Viktor wandte sich an die Mitarbeiter. „Okay, dann lasst uns feiern gehen!“

In einer Musikpause schleppte Runa Leon zu der improvisierten Bar vor dem Herrenhaus. Unzählige bunte Flaschen standen im beleuchteten gläsernen Tresen, davor qualmte ein Freiluftgrill, dicht bestückt mit Fleisch, Fisch und Gemüse.

Die Gäste räkelten sich in bequemen Loungemöbeln, unterhielten sich, lachten, tranken und aßen.

Neugierig sah Leon sich um. Noch vor einer Woche hätte ihn der ganze Prunk und Reichtum des Gestüts schwer beeindruckt. Hier war alles vom

Feinsten, vom herrschaftlichen Wohnhaus bis zu den noblen Stallungen. Die Kieswege waren glatt geharkt, die Buchsbaumhecken wirkten wie mit dem Rasiermesser bearbeitet, kein Blatt wagte es, aus der Reihe zu tanzen. Aber er fand, dass im Vergleich zum Immenhof alles seltsam kühl und steril wirkte. Was bei dem Besitzer kein Wunder war.

„Das ist das berühmte Mallinckroth-Gestüt", stellte Runa überflüssigerweise fest und wies mit großer Geste wie die Schlossherrin persönlich auf die Gebäude ringsum.

Leon grinste. „Cool, wo der Kensington Palace liegt, weiß ich schon. Fehlt also nur noch 'n Swimmingpool und 'n weißer Tiger."

Runa deutete auf ein paar Mädchen in Bikinis, die im Whirlpool planschten.

„Und was den weißen Tiger betrifft – der wartet auf meinem Zimmer", sagte sie vieldeutig, lächelte verführerisch und warf ihm einen tiefen Blick aus dunklen Smokey Eyes zu.

Leon sah lieber schnell weg, rüber zum DJ, der den Tanzenden gerade wieder ordentlich einheizte. „Nicht schlecht für 'ne Dorfparty", sagte er ausweichend und nippte an seinem Drink.

Runa kapierte, dass er das Thema wechseln wollte.

„Wie kommt ein Typ wie du nur auf den Immenhof?", rief sie ihm über die Musik hinweg ins Ohr.

Leon ging auf den Seitenhieb nicht ein. Und von den Sozialstunden würde er ihr ganz sicher nichts erzählen.

„Und wie lange bleibst du noch?", versuchte Runa es weiter.

„Insgesamt fünf Wochen." Leon merkte, dass Sven immer noch giftig zu ihnen rübersah. Er fühlte sich plötzlich unbehaglich. „Danke für die Einladung, aber ich glaub, ich mach mich langsam wieder vom Acker", sagte er mit einem ziemlich schiefen Lächeln.

„Aber wieso denn?", protestierte Runa und ergriff seinen Arm, als wollte sie ihn festnehmen. „Die Party fängt doch jetzt erst richtig an."

Leon seufzte unterdrückt. „Wie geht's der Stute?", fragte er, denn das war das Einzige, was ihn hier wirklich interessierte.

„Holly? Prächtig! Willst du ihr einen Besuch abstatten?", fragte Runa sofort.

Überrascht sah Leon sie an. Damit hatte er nicht gerechnet. Aber Lou wäre sicher glücklich, wenn sie etwas von Holly erfuhr. Also nickte er. Ohne zu ahnen, dass er genau damit Lou in Gefahr brachte.

# Kapitel 17

Nachdem Mallinckroths Leute verschwunden waren, brannte im Stall nur noch die spärliche Nachtbeleuchtung. Lou huschte in die Stallgasse. Trotz Dämmerlicht war nicht zu übersehen, dass sie in einem absoluten Luxusschuppen gelandet war. Die Boxentüren bestanden aus edlen Hölzern, die Gitter darüber waren dunkelgrün lackiert. Goldene Kugeln zierten die Pfosten am oberen Ende. Mistgabeln und Schubkarren waren ordentlich verräumt, kein Strohhalm lag auf dem Boden. Lou runzelte die Stirn. So schön es auch aussah: Kein Pferd konnte die Nase zu seinem Nachbarn strecken, ihn beknabbern oder mit ihm Seite an Seite stehen. Hier war Einzelhaft angesagt.

Weiter hinten erklang ein Schnauben. Holly hatte ihren Kopf über die Boxentür gereckt und sah ihr ungeduldig entgegen.

Lous Schritte wurden schneller.

Endlich. Ihr Herz wurde leicht beim Anblick ihrer geliebten Stute, deren weiße Blesse im Dämmerlicht leuchtete. Ihre Hände tasteten nach Hollys samtweichen Nüstern, streichelten immer und immer wieder darüber, wollten sie gar nicht mehr loslassen.

„Mein Schatz!", flüsterte sie. „Ich hab dich so vermisst!" Schlagartig fiel alle Anspannung von ihr ab. Sie war bei Holly, nur das zählte. Leise öffnete sie die Boxentür und ließ sich neben ihrem Liebling ins Stroh sinken.

Nach ein paar Minuten stand sie noch einmal auf, um nach den Müsliriegeln zu suchen, die sie für Holly eingepackt hatte. Auf der Futterkiste im Gang entdeckte sie ihren Rucksack, den sie Viktor in die Hand gedrückt hatte. Hastig kramte sie einen der Riegel hervor – und erstarrte mitten in der Bewegung. Vorne am Eingang flammte Licht auf. Lou duckte sich instinktiv hinter die Kiste. Waren die Stallburschen zurück?

Von wegen.

„Upps! Hier sind wir“, hörte sie Runas Stimme, sie klang beschwipst.

Die Pferde begannen unruhig in ihren Boxen herumzulaufen, hier und da erklang ein Stampfen.

Leon kapierte, dass sie störten. „Hey, lass uns morgen wiederkommen“, meinte er. „Die pennen ja alle schon!“

Als Lou seine Stimme hörte, zuckte sie zusammen. Aber für Grübeleien blieb keine Zeit, sie musste sich verstecken. Fieberhaft dachte sie nach. Holly schien die Gefahr zu wittern, sie schnaubte nervös.

Runa stöckelte die Stallgase entlang und kam immer näher.

„Jetzt komm schon, Holly freut sich“, behauptete sie und zog Leon hinter sich her.

Beinahe ehrfürchtig betrachtete Leon die feudalen Boxen mit den edlen Namensschildern aus Messing. Vor Cagliostros leerer Box blieb er stehen.

„Und ist der wirklich so ’n Crack?“, fragte er und deutete auf das Schild.

Runa lachte überheblich. „Er gehört zu den drei besten Rennpferden Europas. Er und Holly werden den Namen Mallinckroth in die ganze Welt hinaustragen.“ Sie hakte Leon unter und schleppte ihn zu Hollys Box. „Mit einem Fohlen von ihm und der einzigen Stute, die jemals Olympia gewonnen hat."

Das also war der Plan. Von dem Holly offenbar nicht viel hielt, sie hatte sich in die hinterste Ecke der Box zurückgezogen und drehte ihnen das Hinterteil zu.

„Verstehe!", sagte Leon langsam. „Nicht dumm, die Idee." Was er wirklich dachte, sagte er lieber nicht. Und hätte er gewusst, dass Lou keine zehn Meter entfernt panisch nach einem Ausweg suchte, hätte er Runa schnellstens weitergezerrt. Doch so redete er unbekümmert weiter.

„Ich will euch die Freude ja nicht verderben, aber so viel ich weiß, kann sie keine Junge kriegen."

Runa wedelte seinen Einwand einfach weg. „Ach, da gibt es Mittel und Wege. Das kriegen unsere Leute schon hin." Ihre Stimme duldete keinen Widerspruch.

Aus den Augenwinkeln bemerkte Leon eine Bewegung bei der Futtertruhe, die hinter Runa stand. Es knarzte.

Runa hielt inne. „Was war das für ein Geräusch?"

Leons Blick haftete immer noch an der Truhe, deren Deckel sich jetzt wie von Geisterhand nach unten senkte. Aus dem Spalt funkelte ihn ein Paar Augen an, das er nur zu gut kannte. Das da vorne war Lou!

Leon versuchte, sich sein Verwirrung nicht anmerken zu lassen. Er musste Runa irgendwie ablenken!

„In der Zeitung steht, dass er nicht am Rennen teilnehmen wird“, warf er hastig ein und durchbohrte Runa mit Blicken, damit sie sich ja nicht umdrehte.

„So ’n Quatsch! Was die immer schreiben!“ Runa schien Leons Aufmerksamkeit zu genießen, sie lehnte sich an Hollys Boxentür und nahm einen Schluck aus ihrem Glas. „Was allerdings stimmt: Seit der Sache mit dem Moor hat er ’ne Macke. Geht nicht mehr in geschlossene Räume.“

Mit einem leisen Klacken schloss sich der Deckel der Futtertruhe. Runa fuhr herum. „Da war doch was! Hast du es nicht auch gehört?“

Sie wollte einen Schritt Richtung Truhe machen, doch Leon schob sich direkt vor sie. Seine Nasenspitze berührte fast die von Runa. Verwirrt blieb die Blondine stehen.

„Was läuft da eigentlich zwischen Mallinckroth und den Jansens?“, fragte Leon. Er musste sie am

Reden halten, sie durfte nicht zum Nachdenken kommen.

Es klappte. Vorerst.

„So ’ne alte Familiensache“, quasselte Runa weiter. „Robert Jansen hat Mallinckroth vor Jahren wohl ziemlich übel mitgespielt.“

Fragend sah Leon sie an.

Runa warf ihre Haare zurück. „Er war früher sein Partner. Hat die finanziellen Dinge geregelt. Ohne ihn wäre Robert Jansen nie so weit gekommen. Als es dann aber um Olympia ging, hat Jansen Mallinckroth einfach ausgebootet und den Erfolg für sich eingesackt.“

Das konnte Leon sich zwar nicht vorstellen, aber Runa schien keinen Zweifel an dieser Version der Geschichte zu haben. Wie nebenbei legte sie die Magnetkarte, die ihnen Eintritt zum Stall gewährt hatte, oben auf der Boxentür ab. Leon erfasste die Gelegenheit mit einem Blick. Alte Gewohnheit. Unauffällig schob er sich näher an die Tür, tat aber so, als würde er weiter gebannt Runas weitschweifigen Erklärungen lauschen.

„Er hat den Springsport dann aufgegeben und sich auf Rennpferde verlegt“, fuhr sie fort und kippte den Rest ihres Champagners runter.

„Und deshalb nimmt er ihnen jetzt Holly weg und den Immenhof?" Das improvisierte Kreuzverhör wurde langsam wirklich spannend, fand er.

Runa schüttelte den Kopf. „Natürlich nicht die Gebäude und die ollen Klepper. Nur den Grund." Zufrieden betrachtete sie Holly. „Dann werden die Mädels ihre Reitsachen einpacken und die Olympiamedaille. Und was mit den Gäulen passiert, kann man sich ja denken." Ihr hübsches Gesicht blieb ausdruckslos, aber aus der Truhe drang ein entsetzter Laut.

Lou hatte ihn nicht unterdrücken können. Ängstlich presste sie sich die Hand vor den Mund, doch Runa hatte sie gehört. Sie wirbelte herum.

Leon sah nur noch eine Möglichkeit, sie von der Truhe fernzuhalten. Er griff nach ihrem Arm, zog sie an sich und küsste sie. Sehr lange und sehr leidenschaftlich.

Etwas überrumpelt löste Runa sich nach ein paar Sekunden aus der Umarmung und starrte ihn an. Lächelnd zog der Junge sie Richtung Ausgang.

„Komm, lass uns tanzen gehen", sagte er und hoffte, dass es unbefangen klang.

Mit einem satten Plopp fiel die Tür hinter den beiden ins Schloss. Lous Gedanken fuhren Karussell. Sie hatte die seltsame Szene durch einen winzigen Spalt beobachtete. Runa hatte sie nicht entdeckt, das war gut. Nicht gut war, dass Leon mit ihr herumgeknutscht hatte. Aber darüber würde sie später nachdenken. Sie stemmte den Deckel hoch und kletterte hinaus. Noch einmal lief sie zu Holly und gab ihr den versprochenen Müsliriegel. Aber ihr war klar, dass sie verschwinden musste. Ein letzter Kuss auf Hollys Nase, dann eilte sie zur Tür, drückte die Klinke – aber nichts bewegte sich. Die Tür ließ sich nicht öffnen. Hatte sie einen automatischen Schließmechanismus? Ihr Blick irrte durch den Stall. Erst jetzt fiel ihr auf, dass sämtliche Boxentüren zu den Paddocks verschlossen waren. Und vor den Fenstern befanden sich Gitter. Lou stöhnte auf. Das hatte ihr gerade noch gefehlt. Der Stall verwandelte sich nachts in einen verdammten Hochsicherheitstrakt. Eigentlich kein Wunder. Hier drinnen standen ein paar Millionen Euro auf vier Beinen.

Es blieb ihr nichts anders übrig: Sie musste hier übernachten. Wenigstens konnte sie so noch ein paar Stunden in Hollys Nähe verbringen.

# Kapitel 18

Früh am nächsten Morgen kitzelten Sonnenstrahlen Lou wach. Stroh raschelte unter ihr, Hollys Nüstern streiften sanft über ihr Gesicht. Verschlafen setzte Lou sich auf. Wo war sie? Es dauerte ein paar Sekunden, ehe sie sich an die Ereignisse der letzten Nacht erinnerte. Sie war immer noch bei Mallinckroth. Irgendjemand hatte von außen die Läden der Boxenfenster geöffnet, sodass es schlagartig hell geworden war.

Die Stalltür ging auf, und Lou hörte Stimmen. Jemand stapfte um das Stallgebäude herum.

„Na, mein Schöner. Alles klar?", hörte sie Runa draußen sagen.

Lou trat zum Fenster und spähte hinaus. Auf

dem Vorplatz führte Runa gerade Cagliostro zum Sandplatz, auf dem eine improvisierte Startbox aufgebaut war. Lou wusste, was jetzt folgte: Sie wollte mit dem Hengst für das Rennen üben. Die Startboxen waren eng, viele Pferde mochten sie nicht. Für Cagliostro aber waren sie offenbar ein Riesenproblem.

„Wir probieren's heute noch mal. Okay?", redete Runa auf den Rappen ein.

Von der anderen Seite kam Morris mit einem großen Fuchs dazu. Die beiden sollten wohl als gutes Beispiel vorangehen. Was der Fuchs auch brav tat. Ohne Zögern folgte er Morris in die Startbox und wieder hinaus. Cagliostro beobachtete ihn aufmerksam, rührte sich aber nicht vom Fleck.

„Komm! Es passiert dir nichts." Aufmunternd klopfte Runa seinen Hals.

Morris führte den Fuchs ein zweites Mal durch die Startbox, doch Cagliostro war das gute Vorbild egal. Er ging zwar los, verweigerte aber zwei Meter vor der Box jeden weiteren Schritt. Sogar vom Fenster aus bemerkte Lou Runas Ungeduld, sie hatte die Lippen zusammengepresst und eine steile Falte zwischen den Augenbrauen.

„Tja, nicht gewusst wie!", murmelte Lou. Sie

schlang ihre Arme um Hollys Hals und drückte ihr Gesicht in die seidige schwarze Mähne. „Ich komm bald wieder, mein Schatz!"

Auf leisen Sohlen pirschte sie die Stallgasse hinunter. Holly sah ihr noch lange nach.

Im warmen Sonnenlicht vor der Scheune bastelte Leon mal wieder an dem Pick-up herum. Auf der Ladeklappe stand sein Laptop und dudelte eine Spotify-Playlist. Nach den Zündkerzen musste er sich jetzt noch um die Lichtanlage kümmern. Und Rostlöcher zuspachteln. Charly hatte recht gehabt. Das Teil war nahezu schrottreif und eine echte Beschäftigungstherapie. Machte trotzdem Spaß.

Ein paar Meter entfernt versuchte Emmie, Krümel die Zähne zu putzen. Sie hatte Leons Bemerkung über gelbe Zähne ernst genommen. Und ein schlechtes Gewissen dazu. Weil Krümel doch so oft Süßes von ihr bekam.

Doch die Shettystute hielt Zähneputzen offenbar für vollkommen überflüssig. Standhaft presste sie ihre Kiefer zusammen, egal wie unsanft Emmie an ihren Lippen herumfummelte.

„Jetzt hab dich nicht so!", schimpfte Emmie.

Aber Krümel hatte genug. Mit einem Ruck riss sie sich los und trabte eilig davon.

„Hey, wir sind noch nicht fertig!“, rief Emmie, schwenkte die Zahnbürste und setzte zur Verfolgung an.

Von der Auffahrt kam Lou ihr entgegen. In Tarnklamotten. Emmie bremste und starrte sie mit großen Augen an. „Wo kommst du denn her?“ Spielte ihre Schwester neuerdings nachts Geheimagentin? Sie sah genauer hin. Lous Haare waren verwuschelt, ein paar Strohhalme hatten sich darin verfangen. Na ja, sah eher nach Mission Pferdestall aus. Was sonst.

Lou hielt es nicht für nötig zu antworten. Als sie Leon sah, wurde ihr Gesicht richtig grantig. Stumm stampfte sie an ihm vorbei, als wäre er gar nicht da.

„Morgen!“, grüßte Leon freundlich, aber Lou antwortet nicht. Türenknallend verschwand sie im Büro.

Emmie sah zu Leon rüber. „Hab ich was verpasst?“, fragte sie.

Leon kraulte Krümel, die bei ihm Schutz gesucht hatte. „Egal, was man tut, nie kann man es Lou recht machen!“, sagte er seufzend. Als wollte sie ihn trösten, begann die Shettystute zart an seiner Wange zu knabbern.

Durchs Büro waberten dichte Staubschleier, immer wieder wurden neue graue Wolken aufgewirbelt. Lou putzte. Mit Wut im Bauch. Wie eine Furie fuhr sie mit dem Staubwedel über die Pokale im Regal, über dicke Papierstapel und Bücherberge. Es wurde Zeit, dass hier mal frischer Wind reinkam. Und jetzt war sie genau in der richtigen Stimmung dafür. Krachend landeten ein paar alte Akten auf dem Boden, dass es nur so staubte. Lou musste niesen.

Leon kam hereingeschlendert und lehnte sich an den Türrahmen.

„Alles klar?“, fragte er.

Lou arbeitete schweigend weiter, als wäre er gar nicht da. Doch in ihr drin tobte es. Leon hatte sie verraten. Er war nicht nur zur Mallinckroth-Party gegangen, sondern hatte auch noch mit Runa rumgemacht. Wenn sie ehrlich war, tat das noch mehr weh als der Verrat.

Leon kam näher. „Kann ich helfen?“, versuchte er es noch mal.

„Nein!“, blaffte Lou ihn an. „Das schaff ich schon allein!“ Sie ließ den Staubwedel auf die Bücher niedersausen, als wollte sie sie kurz und klein hacken.

Grinsend pflückte Leon ihr einen Strohhalm aus

dem Haar. Er schien überhaupt kein schlechtes Gewissen zu haben. Lou ließ den Staubwedel langsam sinken.

„Und? Gut amüsiert gestern?", fragte sie lauernd.

Leon stützte sich auf den Schreibtisch. „Geheimaktionen sind ja nicht so dein Ding", stellte er fest.

Wütend pfefferte Lou einen Stapel Zeitschriften in einen Karton. „Deine dafür ja umso mehr."

Leon sah sie weiter ruhig an. „Was heißt das? Komponier mal Text."

Lou wusste nicht, wo sie anfangen sollte, am liebsten hätte sie ihm den nächsten Stapel Zeitschriften an den Kopf geworfen. Sie zog ihren letzten Trumpf.

„Ich frage mich, was deine Freundin wohl dazu sagen würde?", fauchte sie.

Leon runzelte die Stirn, aber eher verwundert als getroffen. „Welche Freundin?"

Lou holte tief Luft. Hielt er sie für blöd? „Larissa!" Sie wusste genau, dass diese Else ihm ständig schrieb.

Aber Leon ließ die Anschuldigungen einfach an sich abtropfen. Gelassen zückte er eine Magnetkarte und wedelte damit vor Lous Nase herum, bevor er sie auf den Schreibtisch warf. „Damit tust du dich leichter beim nächsten Mal. Beim Reinkommen … und beim Rauskommen." Natürlich hatte er gecheckt, dass Lou erst jetzt aus dem Stall entkommen war.

Lous Wut verpuffte, als hätte jemand mit der Nadel in einen Ballon gestochen. Wortlos starrte sie auf die Karte mit dem großen Mallinckroth-M.

„Warum hast du sie geküsst?" Die Frage flutschte wie von selbst aus ihr heraus.

„Warum wohl? Das liegt doch da vor dir." Leon deutete auf die Karte und ging zur Tür. „Aber ehrlich gesagt küsst sie ganz gut."

Lou schnappte nach Luft.

„Und was Larissa betrifft …" Leon drehte sich noch mal um. „Ich glaub nicht, dass meine kleine Schwester etwas dagegen hat, wenn ich deinen süßen Arsch rette." Damit machte er endgültig einen Abgang.

Sprachlos starrte Lou ihm nach, ihr Mund klappte auf und wieder zu, als hätte sie auf der Bühne ihren Text vergessen. Es dauerte ein paar Sekunden, bis die Botschaften angekommen waren – und der Wutknoten in ihrem Inneren sich zu einem warmen Blubbern auflöste.

Die Magnetkarte setzte Lou noch in derselben Nacht ein. Kurz vor Mitternacht war sie wieder bei Mallinckroth und zog die Karte durch den Schlitz des Lesegeräts an der Stalltür. Leise summend schwang die Tür auf, und Lou schlüpfte hinein. Stumm bedankte sie sich bei Leon. Ohne ihn wäre es deutlich schwieriger geworden, Holly nachts zu besuchen.

Zielstrebig eilte Lou zur Sattelkammer, und wenig später schlich sie mit der gesattelten Stute zur Hintertür hinaus. Natürlich wollte sie Holly nicht entführen – nur endlich wieder auf ihr reiten. Sie spähte zurück zu den Lichtern des Gestüts. Hoffentlich hörte niemand das Klappern der Hufe. Aber dieser Teil des Stalls lag weit entfernt von den Wohngebäuden. Und in einer Stunde würde die Stute wieder wohlbehalten zurück sein.

Ohne Zwischenfälle verließ sie das Gelände und stieg auf. Alles fühlte sich so wunderbar vertraut an. Hollys geschmeidiger, schwungvoller Schritt, die Wärme ihres Fells.

Der Mond schien immer noch hell und tauchte die Landschaft ringsum in ein sattes dunkles Blau. Holly marschierte forsch voran, selbst in dem kleinen Wäldchen, unter den schwarzen Schatten der

Bäume, stolperte sie kein einziges Mal. Durch die Dünen ging es an den Strand. Lou hielt kurz an und sog tief die salzige Luft ein. Was für eine magische Stimmung! Das goldene Mondlicht lag wie eine funkelnde Decke auf dem tiefschwarzen Wasser und ließ den Sand schwach schimmern.

Holly tänzelte unruhig, sie wollte los. Auf dem weichen Untergrund fiel sie von selbst in einen schaukelnden Galopp. Sie wurde schneller, ihre Beine holten weiter und weiter aus, die Stute streckte sich und genoss die unerwartete Freiheit. Übermütig zog sie ins Watt, das flache Wasser spritzte hoch auf unter ihren wirbelnden Hufen.

Lou duckte sich auf ihren Hals und juchzte. In diesem Moment fühlte sie nur reine, pure Freude. Alles andere war weit weg.

Nach endlos scheinenden Minuten parierte sie Holly zum Trab durch, tanzte mit ihr seitwärts, beschrieb Kreise und Achten. Es ging ganz federleicht, ohne Mühe. Holly schien auf ihre bloßen Gedanken zu reagieren. Noch nie war sie so eins mit der Stute gewesen.

Am liebsten wäre Lou ewig weitergeritten. Aber sie mussten zurück. In einem weiten Bogen trabte sie an den Strand. Ab jetzt würden sie Schritt gehen, Holly sollte wieder trocken bei Mallinckroth ankommen.

Am Eingangstor glitt sie aus dem Sattel und schlang Holly noch einmal glücklich die Arme um den Hals. Das musste sie unbedingt öfter machen.

Die letzten Meter am Reitplatz vorbei führte sie die Stute. Das diffuse Licht der Laternen ließ das Grün der Buchsbaumhecken unnatürlich intensiv leuchten. Der Stall dahinter lag im Schatten. Doch kaum hatte sie den Vorplatz betreten, flammten grelle Scheinwerfer auf. Geblendet riss Lou den Arm vor die Augen.

„Na, wen haben wir denn da?", hörte sie Runas höhnische Stimme. Die Trainerin löste sich aus dem Kreis der Mitarbeiter, die mürrisch und mit verschränkten Armen vor dem Stall gewartet hatten.

Offenbar war ihr kleiner Ausflug doch nicht unbemerkt geblieben. Lou blinzelte. Auch Viktor war da, er wirkte nicht erfreut.

„Das war ja so was von klar!", zischte Runa und riss ihr die Zügel aus der Hand. „Dann rufen wir mal die Polizei."

Viktor trat neben seine Kollegin und legte ihr eine Hand auf den Arm. „Das ist nicht nötig, ist doch nichts passiert", sagte er mit seiner tiefen Stimme. „Lou hat sich Holly nur ausgeliehen. Nicht wahr?" Eindringlich sah er Lou an.

Die nickte nur mechanisch. Sie war immer noch völlig überrumpelt.

„Das wird Herr Mallinckroth entscheiden, Viktor", sagte Runa kalt und wendete Holly. Aber dann schien sie doch ein Einsehen zu haben. „Beim nächsten Mal bist du dran, Pferdemädchen. Verlass dich drauf!", rief sie, während sie die widerstrebende Stute Richtung Stall zerrte. „Verschwinde!"

Viktor sah Lou kopfschüttelnd an. Er schien enttäuscht von ihr zu sein. Lou spürte, dass er heimlich auf ihrer Seite stand. Aber er arbeitete eben für Mallinckroth. Und er würde nicht ewig seine schützende Hand über den Immenhof halten können. Erst recht nicht, wenn sie, Lou, noch weitere Kapriolen schlug.

Mit gesenktem Kopf schlich Lou in die Nacht davon.

# Kapitel 19

Trübsinnig starrte Lou in Hollys Box, in der alles noch genauso war wie an dem Tag, als die Stute Immenhof verlassen hatte. Ein paar Pferdeäpfel im Stroh, ein Rest Heu unter der Raufe. Im Licht, das von draußen hereinfiel, tanzten feine Staubpartikel, es war sehr still. Normalerweise liebte Lou die friedliche Stimmung im Stall, wenn die Pferde nachmittags draußen waren, aber jetzt fühlte es sich einfach nur leer an. Leer und trostlos. Ihr letztes Band zu Holly war zerschnitten. Sie hatte keine Ahnung, wann und ob sie sie wiedersehen würde. Mallinckroth und seine Helfer würden sie ab jetzt bewachen wie Fort Knox, das stand fest. Bei dem Gedanken daran war es, als würden sich ihre Eingeweide zu einem festen Knoten verschlingen.

Eigentlich hatte sie die Box ausmisten wollen, aber sie konnte sich nicht überwinden, auch nur einen Schritt hineinzutun.

Von draußen schleppte Leon einen Stapel alter Pferdedecken herein.

„Die sind echt am Ende. Kann ich sie wegtun?"

Lou warf einen flüchtigen Blick auf die Decken. Bei einigen hatten sich Gurte und Schnallen gelöst, aus Rissen quoll das Innenfutter. Aber das konnte man reparieren.

„Die Pferde brauchen sie im Winter – falls sie dann noch hier sind … und wir", fügte sie leise hinzu und schlang die Arme um ihren Körper, als müsste sie sich an irgendwas festhalten. Langsam ging sie Richtung Büro.

Leon lief mit den Decken neben ihr her.

„Hey, hab deinen Dad gegoogelt", versuchte er sie aufzumuntern. „War ja 'n echter Hero, was Pferde angeht."

Auf Lous Gesicht zeigte sich vorsichtig ein leichtes Lächeln.

„War mir nicht klar, dass Pferde Fluchttiere sind", redete Leon weiter. „Und Menschen …

„… Raubtiere“, ergänzte Lou, und sie sah nicht so aus, als würde sie scherzen. Ihre Augen waren dunkel vor Traurigkeit. „Weswegen die Kommunikation zwischen ihnen manchmal auch so schwierig ist.“

Leon packte die Decken auf eine Boxenquerstange und folgte ihr ins Büro. Nach Lous Aufräumaktion wirkte es hier tatsächlich luftiger, so als könnte alles wieder atmen.

Leon blieb im Türrahmen stehen. „Lou, die Pferdeflüsterin.“ Es klang überhaupt nicht spöttisch. Eigentlich hörte es sich sogar schön an. Trotzdem wehrte Lou fast reflexhaft ab. „Quatsch, bin ich doch gar nicht.“

Sie hockte sich auf den Rand des Schreibtischs. Leon kam näher. „Also, ich kenn mich ja nicht aus, aber wenn du mich fragst, hast du mehr Ahnung als all die Honks da draußen.“

„Daran sieht man, dass du wirklich keine Ahnung hast“, stellte Lou lächelnd fest.

Aber Leon ließ nicht locker. Er verstand nicht, warum Lou immer auswich, wenn es darum ging, was sie mit Pferden konnte. Er deutete auf das Bild von Robert Jansen auf der Kommode. „Alle sagen, du hast die Fähigkeit deines Vaters geerbt.“

Ein ungutes Gefühl stieg in Lou auf. Stimmt doch gar nicht, hätte sie am liebsten gesagt, ihr irrt euch! Aber sie seufzte nur abgrundtief.

„Dein Dad hat sich nicht getäuscht. Und *ich* täusche mich auch nicht."

Er glaubte wirklich an sie, das wurde Lou plötzlich klar. Viel mehr, als sie selbst an sich glaubte. Sein Gesicht war jetzt ganz nah, seine bernsteinfarbenen Augen blickten sie unverwandt an. Sanft umfasste er ihre Arme. Lou konnte die Augen nicht von seinen Lippen wenden, die nur noch Zentimeter von ihren entfernt waren.

Da näherten sich rasche Schritte. „Hey Lou, wo bist du?" Atemlos kam Matz ins Büro.

Lou und Leon sprangen auseinander wie zwei gleich gepolte Magneten. Aber Matz hatte die Situation offenbar sofort erfasst. Sein Lächeln verrutschte zu einer Grimasse.

„Matz, was tust du denn hier?", fragte Lou überflüssigerweise. Sie wusste nicht wohin mit ihren Händen.

„Stören, wie ich sehe!" Matz' Mund war schmal, seine Stimme klang eisig und gleichzeitig tief verletzt.

„Wir unterhalten uns nur", erklärte Lou, aber

selbst in ihren Ohren war das eine ziemlich lahme Ausrede.

Matz bedachte Leon mit einem feindseligen Blick. „Unterhalten ist wohl nicht das richtige Wort“, stellte er fest und kam näher. Lou sah, wie sich seine Muskeln anspannten.

Auch Leon ballte die Fäuste. „Pass auf, was du sagst!“

Matz machte noch einen Schritt auf Leon zu und versetzte ihm einen heftigen Stoß.

„Du hast hier gar nichts zu melden“, presste er hervor. „Hast du mich verstanden?“ Wieder ein Schubser. „Ob du mich verstanden hast?“

Leon war blass geworden, blieb aber standhaft. Er war kleiner als Matz, doch dafür kräftiger.

Erschrocken legte Lou eine Hand auf Matz' Schulter. „Matz! Hör auf. Bitte!“

Matz Halsschlagader pochte, er atmete heftig. „Der Penner soll dahin zurückgehen, wo er hergekommen ist!“

Lou wusste: Wenn sie eine Schlägerei verhindern wollte, musste sie etwas tun. Sofort. Sie packte Matz und versuchte ihn nach draußen zu schieben. „Lass uns rausgehen!“

Matz schnaufte noch einmal, dann ließ er widerwillig von seinem Gegner ab, drehte sich um und war mit zwei Schritten bei der Tür. Voller Wucht stieß er sie auf und stürmt wutschnaubend hinaus auf den Hof. „Ich fass es nicht“, schrie er Lou an, die verstört hinter ihm her eilte. „Wie kannst du dich nur auf so einen Typen einlassen?“

Noch nie hatte Lou ihn so erlebt. Matz fuhr sich mit beiden Händen durch die Locken, stampfte quer über den Hof und schien am liebsten alles niedertrampeln zu wollen.

„Bitte, bleib stehen!“, rief Lou, aber Matz reagierte nicht. Lou spurtete los, sprang vor ihn und schnitt ihm den Weg ab. „Stopp!“ Ihre Augen funkelten. „Ich weiß nicht, was du hast.“ Das war gelogen. Aber es war schließlich nichts passiert zwischen ihr und Leon. Noch nicht.

„Das weißt du ganz genau!“ Verzweiflung mischte sich in Matz’ Wut. „Du lässt dich beeinflussen. Von einem Kerl, der es nicht ernst meint mit dir.“

Lou wollte etwas erwidern, doch Matz ließ sie nicht zu Wort kommen. Die Worte quollen aus ihm hervor wie aus einem überlaufenden Fass.

„Wir kennen uns ein Leben lang. Glaubst du wirklich, der denkt auch nur eine Sekunde an dich, wenn er wieder in Berlin ist?" Matz gab gleich selbst die Antwort, indem er wild den Kopf schüttelte. „Du bist ein Groupie, ein netter Zeitvertreib, so wie alle anderen auch."

Lou hatte die Arme trotzig vor der Brust verschränkt und starrte ihn aus zusammengekniffenen Augen an. Matz machte einen Schritt auf sie zu, wollte sie berühren. „Ich lass nicht zu, dass er dich verletzt."

Aber Lou wich zurück. Sie blickte zur Bürotür, von wo aus Leon den Streit beobachtet hatte. In ihren Augen stand eine stumme Frage – die Leon auch so verstand. Plötzlich wurde ihm klar, dass Matz unrecht hatte. Lou bedeutete ihm wirklich etwas. Viel mehr, als er sich bisher eingestanden hatte.

Am nächsten Morgen hatten sich gerade alle zum Frühstück versammelt, als es an der Tür klingelte. Charly lief hin und öffnete. Der Postbote lieferte ein Einschreiben mit einem offiziell wirkenden Stempel ab. Kein gutes Zeichen, das wusste Charly schon, als sie die Hand danach ausstreckte.

Langsam ging sie zum Tisch zurück. Das Gespräch erstarb, alle sahen sie an. Schließlich überwand Charly sich und riss den Umschlag auf. Ihre Augen huschten über die Zeilen, dann sah sie bestürzt auf. „Es ist so weit.“ Ihre Stimme war nur noch ein Hauchen. „In sechs Tagen müssen wir den Hof räumen.“ Sie knüllte das Blatt in ihrer Hand und umklammerte es so fest, dass ihre Fingerknöchel weiß hervortraten.

Niemand sagte etwas. Lous Schultern sackten nach unten, als würde ein unsichtbares Zentnergewicht sie herunterdrücken.

Charly hatte die Kiefer fest zusammengepresst. Es kostete sie Mühe, nicht gleich auf der Stelle loszuheulen.

„Wenn bis dahin nicht ein Wunder geschieht“, stieß Emmie schließlich hervor, um das verzweifelte Schweigen zu brechen.

Leon gewann als Erster die Fassung zurück. „Jemandem die Kniescheibe zu zertrümmern ist nicht so euer Ding, oder? Ich kenne jemand, der würde das sofort erledigen.“ Er meinte es zumindest halbwegs ernst, aber die drei Schwestern guckten ihn nur komisch an.

„Okay, okay!“, ruderte er zurück. „Dann kümmern wir uns eben um das *Wunder*.“ Aber sein unerschütterlicher Optimismus schien zum ersten

Mal einen Dämpfer bekommen zu haben. Das mit den Wundern klappte nicht so gut, das wusste er aus Erfahrung.

Lou hatte den Kopf zwischen ihren Armen vergraben und sagte gar nichts mehr.

Das Frühstück war schnell zu Ende gewesen, niemand hatte mehr Hunger gehabt. Nachdem sie schweigend abgeräumt hatten, war Lou wie in Trance hinaus auf den Hof gelaufen. Sie musste raus, sonst würde sie durchdrehen. Aber als sie im Hof stand, wusste sie auch nicht weiter. Ihr Blick irrte von den Stallungen zu den Pferden auf der Koppel, vor dort zum Haupthaus und wieder zurück. Sie hatte das dringende Gefühl, etwas tun zu müssen, war aber gleichzeitig wie gelähmt.

„Wohin sollen wir denn gehen, Lou?“ Plötzlich stand Emmie neben ihr und sah sie aus aufgerissenen Augen an wie eine Ertrinkende. „Und was machen wir mit den Pferden und unseren ganzen Sachen?“

Lou hätte ihr gerne gesagt, dass alles gut werden würde, dass sie keine Angst zu haben brauchte. Doch sie fühlte sich selbst vollkommen verloren. Emmies Augen in dem schmalen, blassen Gesicht blickten sie unverwandt an. Da nahm Lou sie in die Arme, drückte sie an sich und streichelte über ihren Kopf, so wie ihre Mama es früher immer getan hatte.

„So weit sind wir noch nicht", meinte auch Leon, der gerade die Vortreppe herunterkam.

„Ohne Goldie geh ich nirgendwo hin", schluchzte Emmie. Sie blinzelte Leon an. „Und die Idee mit den Kniescheiben find ich gar nicht so schlecht."

Lou rannte zurück ins Haus. Sie musste mit Charly sprechen. Vielleicht ließ Mallinckroth ja doch mit sich reden, und sie bekamen wenigstens einen Aufschub.

Im Flur hörte sie, wie ihre Schwester drinnen im Esszimmer telefonierte. Leise pirschte Lou sich näher ran.

„Uns geht's nicht ums Geld, sondern dass sie in Sicherheit sind", sagte Charly gerade, dann lauschte sie wieder in den Hörer. „Um die dreißig. Ja, alle zugeritten und für den Reitbetrieb geeignet."

Schlagartig kapierte Lou, was Charly vorhatte. Sie stürmte herein und riss ihr förmlich den Hörer aus der Hand. „Sag mal, spinnst du?", kreischte Lou. „Du kannst sie doch nicht an eine Reitschule verhökern! Ständig neue Reiter. Das sind sie doch gar nicht gewöhnt."

Mit einem Ruck eroberte Charly den Hörer zurück. „Besser als sie von Mallinckroth zum Metzger karren zu lassen, oder?", zischte sie.

In Lous Kopf drehte sich alles. „Und was ist mit den Alten und Kranken?" Sie hatten doch hauptsächlich Gnadenbrotfälle, die gar nicht mehr normal geritten werden konnten.

Charly bedeutete ihr, still zu sein. Ihr Gesicht wirkte unendlich erschöpft.

Wie betäubt schlich Lou nach draußen.

Im Hof hatte Emmie angefangen, mit Krümel irgendwelche Tricks aus ihrer Zirkuszeit zu üben. Verbeugen, Hinlegen, ein Vorderbein heben.

„Hast du nichts Besseres zu tun?", fuhr Lou sie im Vorbeilaufen an. Auf einer Skala von eins bis zehn war ihre Stimmung mittlerweile bei minus zehn angelangt.

„Ich bring ihr Tricks bei, um damit Geld zu verdienen", verteidigte sich Emmie.

Lou verdrehte nur die Augen. „Wer soll für so 'n Schwachsinn schon bezahlen?" Sie wusste, sie war unfair, aber gerade konnte sie nicht anders.

„Der Zirkus“, behauptete Emmie. „Sie kann schon bis zehn rechnen und sich tot stellen.“

Aus Lous Mund kam ein unfrohes Lachen. „*Tot stellen* ist gut! Das sollten wir uns alle beibringen!“

# Kapitel 20

Mit energischen Schritten lief Runa zu Cagliostros Paddock. Der Hengst sah ihr aufmerksam entgegen. Wie immer wirkte er, als könnte er kein Wässerchen trüben. Aber Runa wusste es inzwischen besser.

„Nächsten Samstag ist dein großer Tag", erklärte sie, während sie ihm ein Halfter überstreifte. „Da wirst du allen beweisen, was in dir steckt." Es klang wie ein Befehl – oder vielmehr wie eine leicht verzweifelte Beschwörung.

Ungehalten schüttelte der Hengst den Kopf, aber er folgte ihr brav auf den Vorplatz.

Wieder einmal parkte dort der Transporter. Diesmal hatten sie ihn so zwischen den Hecken platziert, dass es rechts und links davon kein Durchkommen gab. Der Weg führte nur ins Innere oder nirgendwohin. Zur Sicherheit warteten noch Sven und ein weiterer Helfer neben der Rampe.

„Ich weiß, du kannst das", redete Runa auf den Hengst ein. „Bist nämlich ein ganz Toller."

Es war nicht ganz klar, ob sie dem Hengst oder eher sich selbst Mut zusprechen wollte. „Versuch's. Ist ganz easy", murmelte sie, während sie ihn zur Rampe führte.

Aber das ganze Quasseln nützte nichts. Cagliostro blieb mit einem Sicherheitsabstand von zwei Metern davor stehen.

„Komm schon! Es passiert dir nichts." Runa kam es mittlerweile vor, als müsste sie den Hengst zum Betreten der Hölle überreden. Dabei wartete ein moderner, geräumiger Transporter auf ihn, in dem locker acht Pferde Platz hatten.

Sie zog am Strick. Cagliostro bewegte tatsächlich einen Huf und setzte ihn ungefähr fünf Zentimeter nach vorn. Runa schöpfte Hoffnung. „Ja, super. Weiter so!" Im Eifer des Gefechts zog sie stärker als beabsichtigt am Seil. Cagliostros Kopf wanderte nach oben, aber Runa übersah das Warnzeichen.

Stattdessen packte sie wieder die Ungeduld, ein scharfer Ruck am Strick folgte.

„Es reicht, verdammt noch mal!", schimpfte sie. „Du gehst jetzt sofort in den Anhänger."

Das war zu viel für den Schwarzen. Er bäumte sich auf, das Weiße in seinen Augen blitzte, seine Vorderbeine ruderten wild durch die Luft. Hilflos hing Runa am Strick, der sich gefährlich spannte. Nach endlos scheinenden Sekunden bewegten sich Cagliostros Hufe wieder Richtung Boden – bis einer mit lautem Knall auf der Rampe landete. Mit einem schrillen Wiehern stieg den Hengst erneut in die Luft, diesmal noch höher als beim ersten Mal. Runa schrie auf und versuchte verzweifelt, ihn zu halten, doch im nächsten Augenblick ertönte ein hässliches „Ratsch", und der Strick riss durch. Cagliostro warf sich herum und preschte aus dem Stand los. Die beiden Männer hinter ihm konnten sich gerade noch mit einem Satz zur Seite in Sicherheit bringen.

„Nein, haltet ihn auf!", kreischte Runa, jetzt völlig kopflos.

Cagliostro raste den Weg zwischen den Hecken entlang, der zum Ausgang führte. Runa spurtet hinter ihm her.

„Tut doch was!“, schrie sie.

Der Lärm hatte die Stallburschen aufgeschreckt, die jetzt von beiden Seiten auf den Weg sprangen. Todesmutig warf Morris sich dem Hengst an den Hals und klammerte sich an ihm fest – was er noch in derselben Sekunde bereuen sollte. Cagliostro riss ihn um wie ein Tsunami. Morris drehte sich rasend schnell zweimal um sich selbst, bevor er hart mit dem Kopf aufs Pflaster schlug.

Runa rannte zu ihm und rüttelte an seiner Schulter, doch der Mann war bewusstlos.

„Hierher!“, rief Sven dem flüchtenden Pferd nach. „Hörst du? Hierher.“

Er schien den Hengst mit einem Hund zu verwechseln. Trotzdem bremste Cagliostro im selben Moment aus vollem Galopp. Es ging nicht mehr weiter. Jemand hatte den Knopf gedrückt, und das Eingangstor war zugefahren. Tänzelnd blieb der Hengst stehen und stieß ein ohrenbetäubendes Schnaufen aus, ein Zeichen allerhöchster Anspannung.

Die Helfer hielten respektvoll Abstand. Niemand hatte Lust, dem schwarzen Ungeheuer zu nahe zu kommen und womöglich unter seinen Hufen zu landen.

Das Spektakel hatte Viktor aufgeschreckt. Er kam aus seinem Büro angelaufen und erfasste die Situation mit einem Blick.

„Sagt mal, seid ihr verrückt? Hört auf, ihn zu jagen!“ Er zwang sich zu ruhigen, gemessenen Schritten und näherte sich Cagliostro ohne Hast, aber auch nicht zögerlich.

„Ruhig, mein Guter, ganz ruhig!“, murmelte er mit tiefer Stimme, ging einfach weiter und streckte seine Hand nach dem Halfter aus. Und wieder schaffte er es. Der Hengst schnaubte, senkte den Kopf und schüttelte sich. Dann folgte er Viktor zum Paddock.

Erst als er das Gatter geschlossen hatte, bemerkte der Manager Morris, der mit einer blutenden Platzwunde am Kopf dalag, daneben Runa, die sich verzweifelt bemühte, ihn in die stabile Seitenlage zu bringen.

Viktor eilte zu ihr. „Um Himmels willen. Ruft einen Krankenwagen, schnell!“, ordnete er an. Morris war ganz bleich. Es war ernst, das sah Viktor sofort.

Stirnrunzelnd stand Lou vor einem unübersichtlichen Haufen aus Pferdedecken und Halftern, die mitten im Hof auf dem Boden lagen. Leon hatte angefangen, sie zu sortieren, war aber nicht besonders weit gekommen. Und jetzt war er weg. Als sie sich umdrehte, prallte sie beinah gegen eine voll beladene Schubkarre mit Pferdeäpfeln.

„Lässt mal wieder alles liegen und stehen", knurrte Lou. Sie packte die Griffe der Karre, schleppte das schwere Teil bis zum Misthaufen und stemmte sich kräftig dagegen, um es die schmale Rampe hochzuwuchten.

In dieser Sekunde kam Leon über den Feldweg angejoggt. Sein Kopf war knallrot, kein Wunder bei der sengenden Mittagssonne. Machte er jetzt neuerdings noch eine Runde Sport zwischen der Arbeit?

„Lou, stell dir vor!" Sein Atem ging keuchend, als er vor ihr stoppte. „Cagliostro hat einen Stallburschen verletzt. Verdacht auf Schädelbasisbruch."

Erschrocken sah Lou ihn an und stellte die Karre ab. „Woher weißt du das?"

„Runa hat mich gerade angerufen. Er dreht wohl völlig am Rad."

Lou verzog das Gesicht. Sie wollte den Namen nicht mehr hören. Und überhaupt. Mit Mallinckroth war sie fertig. Genervt kippte sie die restlichen Pferdeäpfel auf den Misthaufen. „Und was geht mich das an?“

Leon rang die Hände. „Lou, er braucht Hilfe. Und nur du kannst sie ihm geben!“

Doch sein eindringlicher Blick ließ Lou kalt. „Du meinst zum Dank dafür, dass Mallinckroth uns außer Holly jetzt auch noch den Hof wegnimmt?“ Sie funkelte ihn an, als hätte er persönlich die Räumung zu verantworten. Dann packte sie die Karre und wollte verschwinden.

Doch Leon hielt sie einfach fest. „Lou, das ist deine Chance! Ständig jammerst du, nichts machen zu können und jetzt, wo du die Chance hast, nutzt du sie nicht!“ Er war laut geworden.

Lou antwortete nicht, aber sie war stehen geblieben, den Blick starr auf ihre Schuhspitzen gerichtet. Leons Worte hatten sie getroffen. Sie *wollte* Cagliostro ja helfen – aber konnte sie es auch? Mallinckroth dagegen war ihr vollkommen egal. Aber sie wusste, wenn es mit Cagliostro gut lief, würde er vielleicht mit sich reden lassen. Lous Gedankenspirale drehte sich in rasender Geschwindigkeit weiter, bis zu der Frage, bei der sie immer landete: Was, wenn sie versagte?

Sie hätte sich am liebsten irgendwo verkrochen, aber Leon ließ sie nicht gehen.

„Ja, mach nur weiter so! Halt dich aus allem raus und geh auf keinen Fall ein Risiko ein."

Mit einem Ruck riss Lou sich los. Mittlerweile war sie den Tränen nahe. „Welches Risiko gehst du denn ein?", fauchte sie.

Leons Blick bohrte sich in ihren. „Jedes, wenn ich damit mein Pferd und den Hof retten kann."

Diese Aussage war so klar, so eindeutig und so schlicht, dass Lou gerade deshalb fast komplett die Fassung verlor.

„Sonst noch was?" Es sollte souverän klingen, aber ihre Stimme wackelte bedenklich.

Sie merkte nicht, dass Leons Blick weicher wurde. „Wenn du dich jetzt nicht stellst, wirst du es niemals tun", sagte er leise. Er wusste, wovon er redete. Es war hart gewesen, sein Leben wieder in den Griff zu kriegen und die Verantwortung dafür zu übernehmen. Aber er hatte es geschafft.

„Weißt du, was dein Problem ist, Lou?", sagte Leon. „Du hast Angst! Angst Farbe zu bekennen, Angst zu scheitern …"

Seine Worte trafen zielgenau mitten in ihre

schmerzhaftesten Punkte. Und obwohl sie das unter keinen Umständen zugeben wollte, füllten ihre Augen sich unaufhaltsam mit Tränen.

„… und Angst, dir eingestehen zu müssen, *doch nicht so gut zu sein* wie dein Vater dachte." Leon atmete tief durch, drehte sich um – und bekam einen harten Schlag direkt ins Gesicht. Er taumelte zurück.

Mit wutverzerrtem Gesicht stand Matz vor ihm. „Es reicht, Mann! Verpiss dich." Er packte Leon an den Schultern und stieß ihn grob weg. „Und zwar für immer."

Leon fasst sich an die Nase, aus der ein paar Blutstropfen quollen. Für einen Moment sah es so aus, als wollte er zurückschlagen, aber er besann sich und ließ die Faust sinken. „Das hättest du wohl gern!" Er kramte in seiner Hosentasche, stopfte sich ein Taschentuch in das blutende Nasenloch und wies mit dem Kinn zu Lou, die stumm vor Entsetzen dastand. „Aber auch wenn ich 'nen Abgang mache, wirst du nicht bei ihr landen."

Matz starrte ihn an, tödliche Verachtung im Blick. Aber Leon war noch nicht fertig. „Weißt du was, Lou?", rief er. „Eigentlich hat Matz recht. Was soll ich hier? Muss ja nicht dabei sein, wenn hier alles den Bach runtergeht." Damit drehte er sich um und verschwand.

Lou war vollkommen durcheinander. Sie funkelte Matz an. „Sag mal, bist du verrückt geworden? Du kannst ihn doch nicht schlagen!"

Wild gestikulierend deutet Matz auf die Stelle, an der Leon gerade noch gestanden hatte.

„Lou, der Typ ist irre! Was bildet der sich ein, so mit dir zu reden?"

Lou stöhnte auf. Das war so typisch. Matz wollte sie vor allem beschützen, ihr alles abnehmen. Aber sie war kein Baby mehr. Ohne ein weiteres Wort drehte sie sich um.

Fassungslos sah Matz ihr nach. „Lou, was ist? Du bist doch jetzt nicht sauer auf *mich*?"

Keine Antwort.

„Ich glaub's nicht. Jetzt nimmst du diesen Honk auch noch in Schutz?" Matz' Stimme war nah am Überschnappen.

Lou verschwand im Büro und knallte die Tür hinter sich zu.

Geschlagen hob Matz die Hände. Dann trat er wütend in den Kies, dass die Steinchen nur so gegen die Wand prasselten.

Genau in diesem Augenblick ritt Emmie auf Goldie in den Hof. Wie immer benutzte Emmie nur ein Pad und ein Knotenhalfter, denn die Stute war brav wie ein Lämmchen.

„Hey Matz, was ist los?", rief sie, als sie seine finstere Miene bemerkte.

Aber Matz stiefelt wortlos an ihr vorbei, ohne sie auch nur eines Blickes zu würdigen.

„Tss." Emmie verdrehte die Augen. Sie konnte sich schon denken, was los war. Dicke Luft mit Lou.

# Kapitel 21

Lou tigerte im Büro auf und ab wie ein eingesperrtes Raubtier. Wieso war das Leben eigentlich gerade so wahnsinnig kompliziert? Stimmte mit ihrem Karma was nicht oder standen ihre Sterne schlecht, Saturn in Opposition, im Quadrat oder sonst wo? Alle flippten gerade aus, Mallinckroth, die Jungs, Charly …

Vielleicht half Aufräumen. Sie mussten eh langsam anfangen, ihre Sachen zusammenzupacken. Lou stellte einen leeren Karton auf den Schreibtisch und begann Akten hineinzuwerfen.

Plötzlich stand Emmie im Türrahmen. „Hast du dich mit Matz gestritten?“, fragte sie ohne Umschweife. Es klang wie eine Anklage. Aufgebracht stapfte Emmie zum Schreibtisch. „Er tut *alles* für dich und du bist so ungerecht."

Lou hätte jetzt zu einer sehr langen Erklärung ansetzen können. Wozu sie gerade nicht in der Stimmung war.

„Das Leben ist ungerecht. Gewöhn dich dran", erwiderte sie kurz angebunden und griff nach dem nächsten Papierstapel.

Emmie schnitt eine Grimasse. „Wenn du so weitermachst, wirst du bald niemanden mehr haben!"

„Ich brauch auch niemanden!", erwiderte Lou trotzig.

Über die Stallgasse näherten sich Schritte. Charly erschien, mit einem Geschirrtuch in der Hand.

„Sagt mal, wo bleibt ihr? Essen steht auf dem Tisch!"

„Hab keinen Hunger", sagte Lou und drehte sich um.

„Ich auch nicht!", kam es prompt von Emmie.

Charly runzelte die Stirn. „Wo ist Leon?"

„Weg. Matz hat ihm eine reingehauen", fasste Lou die wichtigsten Tatsachen zusammen.

Charly riss die Augen auf. „Was?"

Lou tat, als ginge sie das alles nichts an, aber Charly konnte sie nichts vormachen.

„Geht hier jetzt auch noch so 'ne Machoscheiße los oder was?", fragte sie und kam näher, bis sie direkt vor dem Schreibtisch stand. „In Anbetracht der Situation wäre es wirklich besser, nach Lösungen zu suchen, anstatt seine Energien in unproduktive Männergeschichten zu stecken!"

Wenn ihr etwas wichtig war, redete sie immer besonders kompliziert, Lou kannte das schon. Sie verschränkte die Arme vor der Brust. „Du meinst, so produktiv wie deine?"

Charly zuckte zurück, als hätte sie einen Stromschlag bekommen.

Flehend sah Emmie von Lou zu Charly. „Bitte streitet nicht."

Es dauerte einen Moment, aber dann hatte Charly ihren Gesichtsausdruck wieder unter Kontrolle gebracht. „Ich weiß nicht, was du meinst."

„Das weißt du ganz genau!", rief Lou hitzig. „Aber im Gegensatz zu dir steige *ich* wenigstens nicht mit dem Feind ins Bett!"

Das saß. Charly wusste natürlich, worauf sie anspielte: Viktor. Sie wurde erst rot, dann blass und dann wandte sie sich ab.

Emmie starrte von einer zur anderen wie bei einem Tennismatch. Sie hatte keine Ahnung, worum es ging. Aber eins wusste sie genau: Lou benahm sich gerade echt daneben. Sie warf ihr einen vernichtenden Blick zu und lief hinter Charly her.

Stöhnend ließ Lou sich auf den Schreibtischstuhl sinken. Ihre Aufräumwut war wie weggeblasen, ihre Wut auch. Sie wusste selbst nicht, warum sie so gemein zu Charly gewesen war. Es war schließlich kein Verbrechen, wenn Charly sich in Viktor verliebt hatte. Lou konnte sie sogar verstehen. Viktors schöne braune Augen, seine warme, tiefe Stimme. Er hatte sich immer für den Immenhof eingesetzt. *Der Immenhof.* Lous Herz krampfte sich zusammen. War sie selbst der Schlüssel zur Rettung, wie Leon behauptete? Sie wusste nur eins: Sie musste dringend mit ihm reden.

Entschlossen stemmte sie sich hoch und lief in die Stallgasse. Weit und breit kein Leon. Sie suchte in der Sattelkammer, im Heulager und im Stalltrakt auf der anderen Hofseite. Nichts. Sie lief zur Scheune, in der der Pick-up parkte.

„Es tut mir leid, was mit Matz passiert ist“, rief sie in die dämmrige Halle.

Niemand antwortete.

Sie marschierte sogar zu den Koppeln hinter dem

Gut. Aber Leon war wie vom Erdboden verschluckt. Langsam wurde sie unruhig. Hatte er mit „verschwinden“ gemeint, Hals über Kopf abzuhauen?

Lou rannte ins Haus, in den zweiten Stock, zu seinem Zimmer. Ohne anzuklopfen riss sie die Tür auf, aber auch hier war Leon nicht. Aus irgendeinem Grund fiel ihr gerade jetzt auf, dass sie nicht einmal hier drin gewesen war, seit Leon bei ihnen wohnte. Das Bett war ordentlich gemacht, nirgendwo lagen Klamotten herum. Lous Herz begann zu klopfen. Hatte er wirklich schon gepackt?

Langsam stieg sie die Treppen wieder hinunter. Sie wusste nicht, wo sie noch suchen sollte, sie hatte jeden möglichen Winkel durchkämmt. Frustriert ging sie zurück zum Büro – wo eine Überraschung auf sie wartete.

Auf dem Schreibtisch lag ein rechteckiges kleines Päckchen mit einer zartrosa Schleife. Auf dem anhängten Kärtchen stand: „Für Lou.“ Das Paket bestand aus gestapelten CDs in schlichten braunen Hüllen, wie Lou überrascht feststellte. Sie löste die Schleife und fischte die oberste CD heraus. „Immenhof 1“ hatte jemand sie beschriftet. Aber Lou wusste längst, wer dahintersteckte, denn neben dem Päckchen hatte noch etwas anderes gelegen:

Leons Zauberwürfel. Irgendwann in den letzten Tagen musste er heimlich sämtliche Videokassetten ihre Vaters überspielt haben.

Lou schob die CD in den DVD-Player. Und kaum flackerten die ersten alten Bilder vom Immenhof über den Bildschirm, tauchte sie ein in eine völlig andere Welt. Eine Welt mit ihrem Vater, die noch sorglos und unbeschwert gewesen war.

Die Kamera schwenkte auf einen Hügel, das Donnern von Hufen war zu hören. Oben auf der Kuppe tauchte eine Herde Islandponys auf und galoppierte auf den Filmenden zu. Die Ponyaugen blitzten, sie schnaubten voller Lebenslust. Dahinter erschien ihr Vater auf Holly, mit Klein-Lou vor sich im Sattel. Sie musste damals ungefähr zwei Jahre alt gewesen sein. Ihre Händchen hielten Hollys Mähne fest umklammert, ihre kurzen Beine spreizten sich beinahe waagrecht im Sattel. Ihr Vater blickte stolz und konzentriert. Als er Holly anhielt, sah die kleine Lou zu ihm hoch, glücklich und bewundernd strahlte sie ihn an. Ihr Vater zog eine lustige Grimasse, und beide brachen in Gelächter aus.

Lou schniefte. Ihr Vater war so voller Liebe gewesen. Für seine Töchter, aber auch für andere Menschen. Und natürlich für die Pferde. Ihnen hatte er immer helfen wollen, egal, wie schwierig oder ausweglos ihre Situation auch manchmal schien.

Lous Gedanken wanderten zu Cagliostro. Auch er war in Schwierigkeiten und brauchte Hilfe. Wie Leon gesagt hatte. Musste sie ihre Wut auf Mallinckroth erst mal zurückstellen, Cagliostro zuliebe? Oder musste sie sogar versuchen, Mallinckroths Verhalten zu verstehen?

Der erste Film war zu Ende, aber Lou starrte immer noch auf den Bildschirm, der mittlerweile schwarz war. Im Büro war es so still, dass man von draußen das leise Rauschen der Bäume hören konnte. Sie schob die zweite CD ein. Und während sie gedankenverloren in die Vergangenheit blickte, begann sich in ihrem Kopf ein Plan zu formen.

Spät in der Nacht holte sie den alten Schlafsack aus der Sattelkammer und rollte ihn im Stroh von Hollys Box aus. Mit einem zufriedenen Seufzer kuschelte sie sich in das duftende weiche Polster. Sie kreuzte die Arme hinter dem Kopf und starrte nach draußen. Das Mondlicht warf lange Schatten, vor dem Fenster spreizten sich die Zweige eines Baums wie knochige Finger. Ruhige Schläfrigkeit machte sich in Lou breit. Sie hatte sich entschieden. Die Anspannung in ihren Schultern ließ langsam nach, ihre Lider wurden schwer. So schnell wie nie in den letzten Wochen schlief sie ein.

# Kapitel 22

In aller Frühe schlüpfte Lou zurück in ihr Zimmer, duschte in Rekordgeschwindigkeit und suchte in ihrem Schrank nach dem passenden Outfit für den heutigen Tag. T-Shirt und Shorts schieden aus, diesmal brauchte sie etwas Seriöses. Sie entschied sich für blaue Skinny Jeans, eine weiße dünne Bluse und darüber ein tintenblaues Samtjackett, das sie bisher nur einmal an Silvester getragen hatte. Dann bürstete sie ihre Haare, scheitelte sie ordentlich und band sie tief am Hinterkopf zu einem Zopf zusammen, den sie mit Glanzspray fixierte. Vor dem Spiegel trug sie noch etwas Lipgloss und Mascara auf und warf sich einen letzten prüfenden Blick zu. Perfekt.

Ohne einen Abstecher ins Esszimmer eilte sie aus dem Haus. Für irgendwelche Erklärungen hatte sie jetzt keinen Nerv. Sie war aufgeregt, als müsste sie gleich eine fiese Matheklausur schreiben.

Zu Fuß machte sie sich auf den Weg zum Nachbargestüt. Sie nahm die Abkürzung über die Koppeln, noch war sowieso kein Pferd draußen. Sie klettert über Zäune, streifte durch morgenfeuchtes Gras, lief ein Stück am Fluss entlang, bis das mächtige Tor des Gestüts vor ihr auftauchte. Lou atmete noch einmal tief durch, straffte die Schultern und betrat den herrschaftlichen Innenhof. In der Nähe der Stallungen entdeckte sie Cagliostro in seinem Paddock. Er lief unruhig am Zaun auf und ab und wirkte gestresst. Sein Fell hatte den Glanz verloren, es wirkte stumpf. Doch als er Lou bemerkte, hob er den Kopf und lief ein Stück neben ihr her, die Augen unverwandt auf das Mädchen gerichtet.

Lou freute sich. „Feiner Kerl“, murmelte sie. Doch ihr Lächeln erstarb, als jemand von rechts in ihren Weg grätschte. Runa. Sie guckte kein bisschen freundlich. „Ich glaub’s nicht! Was willst du denn hier?“ Sie schlenkerte ein Halfter vor Lou herum, als wollte sie sie verscheuchen. „Du hast Hausverbot. Schon vergessen?“

Lou stand einfach da und sah sie an. Zum ersten Mal fiel ihr auf, dass die Trainerin einen Kopf kleiner war als sie. Aber selbst wenn sie so groß wie Hulk gewesen wäre, hätte sie Lou heute nicht aufhalten können.

„Ich möchte mit Herrn Mallinckroth sprechen", sagte sie sachlich.

Runa machte ein grunzendes Geräusch. „Er aber nicht mir dir! Also, mach 'n Abflug."

Lou blickte sie ausdruckslos an, dann lief sie an ihr vorbei auf das vornehme Wohnhaus zu.

„Hey, du kannst da nicht einfach so reinmarschieren", schrie Runa hinter ihr her.

Und ob sie das konnte. Unbeirrt setzte Lou ihren Weg fort.

Mallinckroth hatte Viktor zu einem Meeting in sein privates Wohnzimmer einbestellt. Der Raum sah aus wie aus *Schöner wohnen.* Wände in dunklem Ocker bildeten einen perfekten Kontrast zu hellen, gerahmten Zeichnungen. Harmonisch verteilten sich moderne und antike Möbel auf dem hellen Parkett; schwere Vorhänge hingen vor riesigen Fenstern, von denen aus man den gesamten Vorplatz überblicken konnte. An einem der Fenster stand Mallinckroth in weißem Hemd und Weste und starrte nach draußen. Trotz des strahlenden Morgens guckte er alles andere als froh.

Viktor hockte hinter ihm in einem tiefen roten Sessel, in dem er fast versank.

„Wenn ich ihn jetzt abmelde, ist er für immer durch", sagte Mallinckroth gerade. „Er gilt jetzt schon als Problempferd Nummer eins in Deutschland."

Wie immer ging es um Cagliostro.

„Vielleicht ist Runas Idee gar nicht so schlecht", warf Viktor ein. „Wir fahren zwei Tage früher und geben ihm ein leichtes Beruhigungsmittel. Das hat sich dann bis zum Rennen aufgelöst."

Mallinckroth fuhr sich über das kurz geschorene Resthaar und lief unruhig vor den Fenstern auf und ab. „Er ist schnell. Kann jedes Derby gewinnen. Und dann scheitern wir an so einer Kleinigkeit!"

Viktor hob die Schultern. „Für uns mag es eine Kleinigkeit sein, nicht aber für ihn. Irgendetwas scheint ihn zu belasten."

Mallinckroths Miene verfinsterte sich, er ließ sich Viktor gegenüber aufs Sofa fallen. „Das haben wir dieser Göre zu verdanken. Seit der Sache mit dem Moor ist er nicht mehr kontrollierbar."

In derselben Sekunde trat Lou in den Raum. Viktor fuhr herum und starrte sie an, als wäre sie eine Erscheinung.

„Entschuldigen Sie bitte! Ich möchte auch nicht lange stören“, begann Lou vorsichtig und kam zögernd näher.

Keuchend stolperte Runa hinter ihr her. „Sorry! Sie ist einfach reingeplatzt.“ Sie versuchte, Lous Arm zu schnappen. „Raus! Sofort.“

Lou ignorierte sie und sah Mallinckroth direkt an. „Ich weiß, dass sich Ihr Cagliostro seit Tagen im Paddock befindet.“

Mallinckroth lehnte sich auf dem Sofa zurück, breitete seine Arme ausladend über die Lehne und hob eine Augenbraue. „Ja, und rate mal, warum!“

Lou knetete ihre Hände. „Ähm, ich denke, dass es für ein Pferd, das am Wochenende bei einem so wichtigen Derby teilnehmen soll, an der Zeit ist, sich kooperativ zu verhalten.“ Ging es noch komplizierter? Aber bei ihr war es das Gleiche wie bei Charly. Je wichtiger die Situation, desto gequirlter die Sätze. Von diesem Gespräch hing so viel ab, sie durfte es nicht vermasseln!

„Sich kooperativ verhalten!“, wiederholte Mallinckroth spöttisch. „Hast du das gehört, Viktor?“

Er mustert das Mädchen. Heute sah sie zumindest deutlich besser aus als bei ihrem letzten Auftritt als Wasserleiche. Und sie hatte Mut. Einfach hier aufzukreuzen, nach all dem, was passiert war.

Viktor war aufgestanden. „Was schlägst du vor?", wandte er sich an Lou.

Die nahm ihren ganzen Mut zusammen. „Ich würde mich – wenn Sie es erlauben – gern um ihn kümmern." Ihre Stimme klang rau, ihre Hände waren schweißnass.

Von Runa kam nur ein verächtliches Lachen, sie stand mit verschränkten Armen neben ihr und schien sie für komplett verrückt zu halten.

Auch Mallinckroths Augenbrauen waren ziemlich weit die Stirn hochgewandert. „Bildest du dir wirklich ein, das zu schaffen, woran alle Profis bisher gescheitert sind?"

Lou hielt seinem Blick stand und nickte, auch wenn ihr die Knie zitterten. „Eine Bedingung habe ich allerdings", fuhr sie stockend fort.

Mallinckroths Brauen sackten nach unten, dazwischen bildete sich eine steile Falte. „Du stellst *mir* Bedingungen?"

„Nennen wir es eine Abmachung, eine Vereinbarung, einen Deal", redete Lou hastig weiter. Sie wollte ihn nicht verärgern, aber dieser Teil war ihr besonders wichtig.

„Wenn es mir gelingt, Cagliostros Verhalten zu korrigieren, bekomme ich im Gegenzug Holly zurück." Jetzt war es raus. Das Echo des Satzes schien ein paar Sekunden durch den totenstillen Raum zu schweben.

Plötzlich lachte Mallinckroth, ein meckerndes, ungewohntes Geräusch.

„Ist nicht dein Ernst." Er schüttelte ungläubig den Kopf.

Solidarisch tat Runa es ihm nach. „Das schafft sie nicht!", sagte sie, als wäre das so sicher wie das Amen in der Kirche.

Viktor ging hinter das Sofa, stützte sich auf die Lehne und beugte sich zu Mallinckroth vor. „In Anbetracht mangelnder Alternativen ist es einen Versuch wert", sagte er leise.

Sein Chef musterte Lou noch einmal. Kerzengerade stand sie da, alles an ihrer Haltung strahlte Entschlossenheit aus. Nur ihre verknoteten Finger verrieten, dass sie mit sich kämpfte.

Viktor nutzte das Schweigen und fällte eine Entscheidung. „Okay, der Deal steht."

Runa schnappte hörbar nach Luft, doch Mallinckroth widersprach nicht. Unschlüssig sah er das Mädchen an. Dann stemmte er sich aus dem Sofa hoch und baute sich vor Lou auf.

„Nur dass wir uns richtig verstehen! Er muss *in den Anhänger, in den Stall* und *in die Startbox.* Ist das klar?“

Lou nickte.

Der Gestütschef musterte sie. „Was, wenn du es nicht schaffst?“

„Dann werde ich nicht mehr versuchen, Holly zurückzubekommen.“ Als Lou die Worte aussprach, war es, als würde kalter Stahl ihr Herz in tausend Stücke schneiden. Aber sie wusste, dass ihr Einsatz hoch genug sein musste, sonst würde Mallinckroth sie nicht ernst nehmen. Es war der höchste, den Lou sich vorstellen konnte.

Viktor deutete zur Tür. „Am besten fängst du gleich an“, meinte er mit einem Lächeln. Er wirkte erfreut, dass Holly und der Immenhof noch eine Chance bekamen.

Mit einem knappen Nicken wandte Lou sich zum Gehen.

„Wie können Sie ihr das nur erlauben?“, hörte sie Runas aufgebrachte Stimme. „Sie ist ein Kind, ein Amateur.“

Mallinckroths Antwort fiel frostig aus. „Auf Amateure könnte ich verzichten, wenn meine Profis ihren Job erledigen würden."

Lou lehnte sich an den Zaun des Paddocks und beobachtete den Hengst zunächst nur. In der Hand hielt sie eine aufgerollte Longe. Irgendwann unterbrach Cagliostro seine nervöse Wanderung für einen Moment und blieb ein Stück entfernt stehen. Er sah Lou nicht an, doch seine Ohren zuckten immer wieder in ihre Richtung. Er hatte sie also durchaus bemerkt und zeigte Interesse. Mit ruhigen Bewegungen öffnete Lou das Gatter und trat in den Paddock. Ihre Nervosität war wie weggeblasen.

„Hallo Cagliostro!", begrüßte sie den Schwarzen leise. „Was hältst du davon, wenn wir uns ein bisschen bewegen?" Sie stellte sich in die Mitte des viereckigen Paddocks und hob den Arm mit der Longe. Der Hengst setzte sich wieder in Bewegung, mit Schritt außen an der Umzäunung entlang.

Er reagierte auf sie, das war gut. Lou ließ die Longe aufmunternd auf ihren Oberschenkel klatschen. „Komm! Das kannst du besser."

Prompt trabte Cagliostro an. Mit schwungvollen Tritten umkreiste er sie.

„Tob dich aus. So viel du willst“, sagte Lou lächelnd.

Runa und Sven waren am Paddockzaun aufgetaucht. Offenbar wollten sie Lou nicht aus den Augen lassen.

„Jetzt erleben wir das kolossale Scheitern von Lou Jansen, der Tochter des berühmten Pferdeflüsterers“, zischte Runa so laut, dass es nicht zu überhören war.

Doch Lou achtete nicht auf sie, sie war vollständig auf den Hengst konzentriert, um eine Verbindung zu ihm aufzubauen. Aufmerksam beobachtete sie jede kleine Gewichtsverlagerung von Cagliostro, jedes Ohrenzucken, jedes Blinzeln. Lou hatte früh gelernt, die beinahe unsichtbaren Gesten der Pferde zu lesen.

„Oder soll ich besser *Hochstaplerin* sagen?“, nervte Runa weiter.

Irgendwie konnte Lou sie sogar verstehen. Runas Ruf als Trainerin stand auf dem Spiel. Wenn Lou Erfolg hatte, konnte sie einpacken.

Wieder schickte Lou den Hengst mit einer Geste weg. „Komm, lauf.“

Cagliostro wieherte und trabte aufgeregt im Kreis. Mit erhobener Hand hielt Lou ihn auf Distanz.

„Hä, was tut sie da?“, wunderte sich Sven. „Er soll doch *zu ihr* kommen und nicht weggehen.“

„Vielleicht hat sie das nicht verstanden“, ergänzte Runa gehässig.

Lou sagte nichts. Doch waren *sie* diejenigen, die etwas nicht verstanden. Der Hengst würde Menschen nur folgen, wenn er ihnen vertraute. Und das war es, woran sie jetzt arbeiten wollte. Ihr Vater hatte ihr diese Methode seit Kindesbeinen an immer wieder geduldig erklärt.

Lou hielt den Hengst in Bewegung und scannte seine Körpersprache. Endlich senkte der Hengst den Kopf und machte einen langen Hals. Das war das Zeichen, dass er bereit war, sie zu akzeptieren und sich ihr anzuschließen. Lou senkte die Hand und wendete sich von Cagliostro ab. Ihre Körpersprache signalisierte ihm, dass er zu ihr kommen sollte.

Der Hengst klappte das innere Ohr in ihre Richtung und fiel in den Schritt. Er wollte gerade nach innen zu ihr schwenken, als vom Stall ein durchdringendes Wiehern ertönte. Sofort riss Cagliostro den Kopf hoch und versuchte zu erkennen, was dort vor sich ging.

„Komm her! Konzentrier dich“, sagte Lou eindringlich, aber Cagliostro blickte starr in die andere Richtung.

Jetzt sah Lou, was ihn dort so fesselte. Pfleger führten ein paar der Stuten zur Koppel, darunter auch Holly. Als Lou ihr Pferd erblickte, stockte ihr Herz für einen Augenblick, und sie war genauso wenig bei der Sache wie der Hengst.

„Hey Lou, schon wieder einer, der keinen Bock auf dich hat." Runa grinste hämisch.

Vom Wohnhaus kam Viktor zu ihnen. „Leute, gebt ihnen doch eine Chance!", mahnte er.

Lou löste ihren Blick von Holly und riss sich zusammen. Sie musste es einfach schaffen!

„Alles gut, Cagliostro! Wir versuchen's noch mal." Sie atmete tief durch und gab dem Hengst ein Zeichen. Doch der reagierte nicht. Die Stuten fesselten seine ganze Aufmerksamkeit. Lou wusste, es würde schwer werden, ihn wieder für sich zu gewinnen. Auch ein Klatschen mit der Longe brachte keinen Erfolg.

„Scheint, als würde der gute Cagliostro *ihr* keine Chance geben!"

Lou hätte Runa am liebsten die Longe in den Mund gestopft.

„Lass sie doch in Ruhe mit ihm arbeiten. Ist doch

auch in deinem Interesse, Runa!“, hörte sie Viktors Stimme, sie klang scharf.

Lou stellte sich wieder in die Kreismitte und ordnete die Longe.

„Komm, wir schaffen das!“ Mit einem Armschwenken versuchte sie ihn anzutreiben, doch Cagliostro war vom Anblick der Stuten auf der Weide wie hypnotisiert. Kein Ohr bewegte sich in Lous Richtung, er war offensichtlich in Gedanken ganz woanders.

Ausgerechnet jetzt tauchte Mallinckroth am Paddock auf. Sein Gesicht wirkte ernst und ein bisschen frustriert. „Ich beobachte das Ganze schon eine Weile. Das bringt nichts“, entschied er und warf einen Blick auf seine teure Armbanduhr. Dann drehte er sich zu Viktor. „Wir machen es so, wie du es vorgeschlagen hast.“

Entsetzen zeichnete sich auf Lous Gesicht ab. „Es tut mir leid. Er war einen Moment abgelenkt und ich auch. Bitte lassen Sie es mich noch einmal versuchen.“ Sie wollte zu einer ausführlichen Erklärung ansetzen, aber Mallinckroth schnitt ihr mit einer ungeduldigen Geste das Wort ab.

„Das bringt nichts, außer, dass wir noch mehr wertvolle Zeit verlieren.“

Lou wäre beinahe auf die Knie gefallen. „Nur noch eine halbe Stunde. Bitte!“, flehte sie.

Aber Mallinckroth ließ sich nicht erweichen.

„Du hast deine Chance gehabt. Eine zweite gibt es nicht.“ Damit drehte er sich um und eilte mit federnden Schritten zurück zum Wohnhaus.

Lou war am Boden zerstört. Ihr Kopf sank an Cagliostros Hals, ein Schluchzen stieg in ihr auf. Sie hatte sich aus der Deckung getraut, alles gewagt – und verloren.

Das triumphierende Grinsen von Runa bekam sie nicht mehr mit, genauso wenig wie Viktors besorgten Gesichtsausdruck.

# Kapitel 23

Charlys Pferdeskulptur hob sich wie ein gewaltiger Scherenschnitt vor dem rosaroten Abendhimmel ab. Die Wellen plätscherten an den Strand und erzeugten ein gleichmäßiges, an- und abschwellendes Rauschen. Ein paar Möwen zankten sich kreischend um ein Stück Fisch, ansonsten war der Strand verlassen. Lou saß im Sand, ließ die feinen Körner durch ihre Finger rieseln und starrte auf die Wasseroberfläche, ohne irgendwas bewusst wahrzunehmen.

„Stör ich?"

Überrascht sah Lou sich um. Leon schlenderte auf sie zu und hockte sich neben sie.

„Ich dachte, du wärst nach Berlin gefahren", sagte

Lou, um irgendwas zu sagen. Sie fühlte sich immer noch unbehaglich nach dem Streit gestern.

„Das wollte ich auch, aber dann ist mir klar geworden, dass Abhauen keine Lösung ist." Das hatte er früher oft genug gemacht, damit war Schluss. „Bin ja eh nur noch ein paar Tage hier."

Lou nickte. Sie hatte verdrängt, dass auch Leon bald aus ihrem Leben verschwinden würde. Wie Holly, wie die anderen Pferde, wie der Immenhof. Sie schluckte, aber der dicke Klumpen in ihrer Kehle wurde nicht kleiner.

„Das mit Matz tut mir leid", sagte sie leise. „Er hätte sich nicht so verhalten dürfen."

Leon winkte ab. „Schon gut! Vergiss es." Er betrachtete ihr Profil. Lou versuchte ein schiefes Lächeln, aber Leon wusste längst Bescheid.

„Nimm's dir nicht so zu Herzen!", sagte er und tastete nach ihrer Hand.

„Steht wohl schon auf Facebook, oder? Lou Jansen hat voll versagt." Eine Haarsträhne hatte sich aus ihrem Zopf gelöst und fiel ihr vor die Augen, als sie den Kopf senkte.

„Nein, Charly hat's mir erzählt", entgegnete Leon ruhig.

„Ich hätte sie niemals aufs Spiel setzen dürfen",

brach es aus Lou heraus. „Jetzt hab ich Holly für immer verloren." Sie kämpfte mit den Tränen. Was hatte sie sich bloß dabei gedacht? Hatte sie wirklich geglaubt, sie könnte Cagliostro helfen? Im Nachhinein kam ihr der Plan irrwitzig vor.

„Du darfst jetzt nicht aufgeben!", sagte Leon eindringlich.

Lou wischte sich mit ihrem Ärmel über die Wange. Es tat gut, dass wenigstens einer zu ihr hielt.

Zart strich Leons Daumen über ihre Finger. „Ich wollte dich nicht verletzen", murmelte er.

Sie sah auf, direkt in seine warmen Augen, die wie Bernstein glänzten. Ihr Herz klopfte plötzlich schneller.

„Tust du nicht. Du sagst mir die Wahrheit, und das ist gut." Sie meinte jedes Wort so, wie sie es sagte.

Aber Leon war noch nicht fertig. „Das mit der Flex, ich wusste ja nicht, dass … dass …" Die Worte hatten sich aus seinem Kopf verflüchtigt, auch wenn er sonst der König der Schlagfertigkeit war.

Einem plötzlichen Impuls folgend beugte Lou sich vor und drückte ihre Lippen zart auf seine. Für den Bruchteil einer Sekunde zuckte Leon überrascht zurück, dann erwiderte er den Kuss. Zärtlich und behutsam. Es fühlte sich an, als würde die Zeit stillstehen. Es gab nur Leon und sie. Lou tastet über seine weichen Lippen, spürte die Wärme seiner Haut, sog seinen Geruch ein.

Als sie sich von ihm löste, blickte er sie lange an. „Wow!"

Lou lächelte. Ehrlich gesagt hatte sich gerade selbst überrascht. Aber ganz plötzlich hatte sie kapiert, wie wichtig Leon ihr geworden war – und wie sehr sie ihn vermissen würde.

„Danke auch für die DVDs. War echt 'ne coole Aktion."

„Gern." Leon grinste.

Sie schwiegen einen Moment und ließen sich die sanfte Brise vom Meer um die Nase wehen.

„Wenn ich nur wüsste, was in *ihm* vorgeht", murmelte Lou, die schon wieder bei Cagliostro war.

„Du wirst es herausfinden." Leon legte den Arm um Lous Schulter, und sie schmiegte sich an ihn. In seiner Nähe fühlte sie eine Geborgenheit, die sie das letzte Mal vor vielen Jahren erlebt hatte, als ihr Vater noch lebte. Und mit einem Mal wurde Lou klar, was mit Cagliostro los war. „Mein Gott, natürlich!" Sie schlug sich mit der Hand auf die Stirn.

Auf Leons Stirn stand ein großes Fragezeichen.

„Warum bin ich da nicht früher draufgekommen?“ Sie richtete sich kerzengerade auf.

„Was meinst du?“, bohrte Leon nach.

Lou strahlte ihn an, als wäre ihr gerade die Antwort auf die Eine-Million-Euro-Frage eingefallen. „Es ist ganz einfach! So wie er sich verhält, wenn er *sie* sieht.“

„Hä?“ Das Fragezeichen in Leons Blick wurde immer größer. „Versteh nur Bahnhof.“

„Immerhin!“, kicherte Lou. „Es lag nicht an *mir*! Verstehst du? Er ist *verliebt* und will zu ihr!“

Cagliostro und Holly. Romeo und Julia. Barbie und Ken. Die große Liebe. Da konnte man schon mal den Kopf verlieren.

Doch Lous gute Laune hielt nicht lange an. Was nützte ihr die Erkenntnis jetzt noch? Mallinckroth hatte sich entschieden. Sie mussten den Immenhof verlassen.

Am nächsten Tag begannen Emmie und Lou das Büro auszuräumen. Sie hatten jede Menge Umzugskartons besorgt, die aufgebaut fast die gesamte Bodenfläche bedeckten. Emmie kam mit gebrauchten Obstkisten herein, in die sie die Pokale legen wollte.

„Findest du's nicht komisch, dass wir packen, obwohl wir gar nicht wissen, wohin wir gehen?“, fragte sie.

„Unerträglich“ war das passendere Wort, fand Lou. Aber sie wollte Emmie nicht noch mehr beunruhigen. Mit gespielt gleichmütiger Miene stapelte sie Bücher, Videos und DVDs in die Kisten.

Emmie holte vorsichtig die Olympiamedaille von der Wand.

„Wenn Papa noch leben würde, müssten wir bestimmt nicht weg. Der würde Mallinckroth die Meinung geigen.“

„Ja, das würde er“, sagte Lou und betrachtete die Medaille, die sie früher wie ihren Augapfel gehütet hatte. „Ohne Holly und den Immenhof hat sie keine Bedeutung mehr für mich.“

Emmie sah sie an, als hätte sie eine Schraube locker. „Sag mal, spinnst du? Wie kannst du so was nur sagen? Sie ist total viel wert!“ Behutsam wickelte sie die Medaille in ein Tuch und bettete das Päckchen in die Kiste. „Wie viele von unseren Freunden haben schon 'ne Olympiamedaille zu Hause rumhängen? Keiner! Nicht mal Jochen Mallinckroth!“

Bei Emmies letztem Satz machte es „Klick“ in

Lous Kopf, und es fiel ihr wie Schuppen von den Augen. Natürlich! Das erklärte, warum Mallinckroth so wütend war, nach all den Jahren noch. Warum er Holly unbedingt zurückhaben wollte. Robert Jansen war mit ihr zur Legende geworden, *nachdem* er sich von Mallinckroth getrennt hatte. Mallinckroth hatte von ihrem Olympiaerfolg nichts mehr abgekriegt. Obwohl er Holly gezüchtet und mit aufgezogen hatte. Das musste sehr wehgetan haben. Aber vielleicht ließ es sich wiedergutmachen.

„Mensch, Emmie, das ist es, was ihn damals so verletzt hat!“ Lou sog so heftig die Luft ein, dass sie sich beinahe verschluckte. Sie schnappte sich das Medaillenpäckchen und drückte Emmie einen Kuss auf die Wange.

Ihre Schwester guckte völlig verwirrt. Bei Lous Gedankensprüngen kam sie nicht mehr mit. „Verletzt? Wen? Was meinst du?“

Doch Lou war schon aus dem Büro gestürmt. Sie musste Leon finden.

# Kapitel 24

Sie brauchte nicht lange zu suchen. Auf dem Vorplatz des Gutshauses parkte der alte Pick-up. Charly lehnte an der geöffneten Fahrertür, Leon hockte hinterm Steuer. Gerade startete er die Zündung – und das Wrack erwachte tatsächlich zum Leben. Mit einem tiefen Dröhnen blubberte der Motor los.

„Hätte wirklich nicht gedacht, dass die Karre jemals noch einen Laut von sich gibt“, meinte Charly anerkennend.

Leon grinste stolz. „Ab und zu hat er ein paar Fehlstarts, aber sonst läuft er wie ’ne eins.“

Lou stürmte auf sie zu und schwenkte die Medaille durch die Luft.

„Leon! Ich hab die Lösung!“, rief sie, riss die Beifahrertür auf und warf sich auf den Sitz.

„Wo willst du denn hin?“, fragte ihre Schwester erstaunt.

„Dreimal darfst du raten!“, sagte Lou nur.

Aber Charly hätte auch zehnmal raten dürfen, auf die Antwort wäre sie nie gekommen.

Der Auspuff stieß eine gewaltige schwarze Rauchwolke aus, als der Wagen vom Hof rollte.

Keine zehn Minuten später bremste Leon vor den Mallinckroth-Stallungen. Lou sprang heraus. Sie hatte den Gestütsbesitzer vor Cagliostros Paddock entdeckt. Sein Gesichtsausdruck verhieß nichts Gutes. Offensichtlich waren ihm die Ideen ausgegangen, was er mit seinem millionenschweren Fehlkauf noch anstellen sollte.

Mit der Medaille in der Hand marschierte Lou auf ihn zu. Als er sich umdrehte, hielt sie ihm die Plakette entgegen.

Irritiert sah Mallinckroth sie an. „Du willst sie mir geben? Warum? Sie hat deinem Vater gehört.“

Lou wich seinem Blick nicht aus. „Ich weiß nicht, was damals vorgefallen ist, aber es tut mir leid, dass Sie und mein Vater sich gestritten haben.“ Sie wusste, dass die beiden Männer jahrelang ein Team gewesen waren. Mallinckroth hatte Robert Jansen damals großzügig unterstützt. „Es ist in seinem Sinne", sagte sie leise. Auf der Fahrt hierher hatte sie hin und her überlegt, was genau sie sagen sollte, aber jetzt kamen die Worte wie von selbst aus ihrem Mund.

„Meinem Vater ging es immer um die Pferde – dass es ihnen gut geht", fuhr Lou fort.

Mallinckroth sah sie lange an. Er schien zu verstehen, dass Lou es ernst meinte. Dass sie sich wirklich um Cagliostro sorgte.

„Du bist ganz schön hartnäckig", brummte er. „Genau wie dein Vater. Der hat auch nie aufgegeben." Sein Blick wanderte zu dem Hengst, der in diesem Moment zu ihnen herübersah. Fühlte er, dass es um ihn ging?

Lous Herz pochte hart von innen gegen ihren Brustkorb. Ihre Aufregung steigerte sich mit jeder Sekunde, die Mallinckroth schwieg.

Endlich räusperte er sich. „Wenn du also meinst, ihm helfen zu können, stell ich mich euch nicht in den Weg."

Im Weggehen drückte er ihr die Medaille in die Hand, dann verschwand er im Haus.

Lou wäre am liebsten in die Luft gesprungen. Glücklich drehte sie die Medaille in ihren Händen, strich mit dem Daumen über das matt glänzende Metall. Und für einen winzigen Augenblick fühlte es sich plötzlich an, als würde ihr Vater neben ihr stehen und ihr zulächeln. Eine warme, tiefe Ruhe überkam sie. Lou atmete tief durch. Sie bekam eine zweite Chance. Holly bekam eine zweite Chance. Sie raste zurück zu Leon.

Kurz darauf führte Lou den Hengst zu der hellen, modernen Reithalle hinüber. Diesmal wollte sie ungestört sein. Aber offenbar hatte sich die Neuigkeit in Minutenschnelle herumgesprochen, denn vor der Halle wartete bereits ein Pulk Mitarbeiter. Ihr Gemurmel verstummte schlagartig, als der Hengst herantänzelte.

Runa schob sich nach vorn. „Und wieso soll es diesmal klappen?“, fragte sie und hörte sich an wie eine beleidigte Leberwurst.

Viktor sah sie scharf an. „Weil es für uns alle das Beste wäre. Oder denkst du, du hast noch einen Job, wenn er weiterhin nicht funktioniert?“

Darauf sagte Runa nichts mehr.

Vor der Hallentür blieb Cagliostro stehen.

„Es ist unmöglich, ihn in *zwei Tagen* hinzukriegen!“, legte Runa nach. „Siehst du doch!“

Doch Lou brauchte nur zu schnalzen, und der Hengst trottete brav mit ihr nach drinnen.

„Denkst du“, erwiderte Viktor und strahlte.

Runa wollte sich hinter Cagliostro in die Halle drängeln, doch Leon versperrte ihr den Weg.

„Sorry, sie will allein sein mit ihm.“

Es fehlte nicht viel, und Runa hätte mit dem Fuß aufgestampft. „Ich glaub, es hackt. Ich bin seine Trainerin!“

Die anderen warfen sich verstohlene Blicke zu. Alle wussten, dass Runa bisher noch kein einziges Mal mit ihm trainiert hatte. Vorher war Cagliostro entweder abgehauen oder durchgedreht.

Viktor ergriff Runas Arm und zog sie zurück. „Heute ist *sie* ist der Boss.“ Seine Stimme duldete keinen Widerspruch.

Endlich. Keine Zuschauer, keine gehässigen Kommentare, keine anderen Pferde. Mit Flatterband trennte Lou ein großes Viereck in der Halle ab, denn sie brauchte einen übersichtlichen Raum, um mit Cagliostro zu arbeiten. Mit geblähten Nüstern und erhobenem Kopf beobachtet der Hengst, wie

Lou sich wieder mit der aufgerollten Longe in die Mitte stellte.

„Lauf, komm!“, forderte Lou ihn auf und schlenkerte die Longe in seine Richtung.

Der Hengst wandte sich ab und trabte los. Dann fiel er in den Galopp, buckelnd schoss er um sie herum. Lou drehte sich gleichmäßig mit und tat nichts, außer ihn weiter auf Distanz zu halten. Nach einer Weile senkte Cagliostro den Hals und streckte den Kopf vor. Sein inneres Ohr klappte in Lous Richtung. Lou spürte seine Bereitschaft, ihr zu vertrauen.

Sie wandte sich ab, senkte die Arme, wurde still.

Cagliostro zögerte ein paar Sekunden, blähte witternd die Nüstern.

Atemlos hielt Leon das Smartphone auf den improvisierten Roundpen gerichtet. Würde Cagliostro sich endlich auf einen Menschen einlassen?

Lou spürte die Verbindung zwischen sich und dem Hengst jetzt ganz deutlich, wie ein unsichtbares, zartes Band, das von seinem zu ihrem Herzen verlief.

„Komm! Komm her zu mir“, bat sie ihn in Gedanken. Und im selben Moment spürte sie Cagliostros weiches Maul, das sie sanft in den Rücken stupste. Sie ging los, und der Hengst folgte ihr wie ein Küken seiner Entenmama. Lou beschrieb Kreise, lief Zickzack, Cagliostro wich ihr nicht von der Seite. Schließlich hielt sie an, drehte sich zu ihm, kraulte sanft seine Stirn. Cagliostro schloss entspannt die Augen.

Strahlend sah Lou zu Leon rüber. Der Anfang war gemacht. Der Rest, das wusste sie, war jetzt keine große Sache mehr. Trotzdem würde sie hier noch eine Weile beschäftigt sein. Damit Cagliostro seine Angst wirklich überwand, musste sie in winzigen Schritten vorgehen – und das dauerte.

Vier Stunden später warteten Runa, Viktor und die anderen Helfer immer noch vor der Halle. Einige hatten sich Kaffee und Snacks geholt, saßen auf der Wiese und unterhielten sich. Runa dagegen tigerte auf und ab und guckte zum gefühlt hundertsten Mal auf ihre Uhr. „Was um Himmels willen treibt sie da?“

Natürlich wusste darauf niemand eine Antwort.

Endlich öffnete sich das Tor, und Leon erschien. „Okay, Leute. Showtime!“, sagte er. Mit großer Geste lud er sie ein, die Halle zu betreten.

In der Mitte parkte ein Pferdeanhänger, den Leon

mit einem Quad hereingezogen hatte. Der Hänger war ein Luxusexemplar mit einem zusätzlichen vorderen Ausgang, beide Rampen waren heruntergelassen.

Daneben stand Lou mit Cagliostro, den Führstrick locker in der Hand.

Auf der Zuschauertribüne herrschte erwartungsvolle Stille. Auch Mallinckroth hatte sich unter seine Mitarbeiter gemischt. Sein Gesicht war wie immer ausdruckslos, nur seine mahlenden Kiefer verrieten seine Anspannung.

Was jetzt folgte, war zwar für viele Pferde das Normalste der Welt, bei Cagliostro aber glich es einer Sensation. Ohne jedes Antreiben, Rucken oder Schnalzen führte Lou den Hengst über die Heckrampe in den Anhänger und durch die vordere Tür wieder hinaus. Cagliostro folgte ihr entspannt, mit tiefem Hals. Auch als es vorne rein- und hinten rausging, zuckte er nicht mit den Ohren.

Die Zuschauer trauten ihren Augen kaum. Jetzt löste Lou den Strick und dirigierte den Hengst sogar frei und im Rückwärtsgang die Anhängerrampe hinauf.

Totenstille. Dann spazierte sie mit ihm zum Tor, das Leon für sie öffnete.

„Sie muss ihn sichern. Nicht, dass er wieder abhaut“, kreischte Runa von der Tribüne. Die Blicke der anderen brachten sie zum Verstummen. Es war offensichtlich, dass Cagliostro ohne Lou nirgendwo hingehen würde.

Als wäre Lou ein Magnet, folgte er ihr über den Hof, hinüber zu den Stallungen und bis in seine Box. Im Stallgang sammelten sich die Zuschauer in andächtiger Stille. Mallinckroth stemmte fassungslos die Hände in die Hüften, als Lou die Boxentür schloss.

„Was sagt man dazu?“, murmelte er. Das letzte Mal, dass er etwas Ähnliches gesehen hatte, war viele Jahre her. Als Robert Jansen noch lebte.

Viktor strahlte. „Dann bleibt nur noch die Startbox.“

Voller Tatendrang klatschte Mallinckroth in die Hände. „Leute, wir sehen uns morgen beim Testrennen!“

# Kapitel 25

Das Rennen fand zur Mittagszeit auf einer großen Grasbahn statt, die ein wenig außerhalb des Gestüts lag. Sie hatte die richtige Länge – und vor allem eine professionelle Startmaschine. Cagliostro trug wie die anderen fünf Pferde einen leichten Rennsattel und eine bunte Satteldecke mit Startnummer. Lou führte ihn einige Runden im Kreis, bevor Joe, der Jockey, von Runa in den Sattel geworfen wurde. Als der Hengst das Gewicht auf seinem Rücken spürte, tänzelte er, beruhigte sich aber an Lous Seite schnell wieder.

Joe wollte nach der Peitsche greifen, die Runa ihm hinhielt, doch Lou schüttelte den Kopf. „Die braucht er nicht."

Zweifelnd blickte der Jockey zu Mallinckroth, der mit einem Fernglas um den Hals die Vorbereitungen beobachtete.

Lou verstand, dass sie ihm eine Erklärung schuldete. „Wenn man damit sein Hinterteil bearbeitet – *wo* liegt dann seine Aufmerksamkeit? Vorn oder hinten?"

Mallinckroth musste insgeheim zugeben, dass er sich darüber noch nie Gedanken gemacht hatte, aber es klang einleuchtend. Er nickte. Runa nahm die Peitsche an sich und gab Joe letzte Anweisungen für das Testrennen. Er sollte Cagliostro nicht von Anfang an volles Tempo laufen lassen, sondern ihm erst kurz vor der Zielgeraden die Zügel freigeben.

Auf der alten Tribüne hatten sich deutlich mehr Zuschauer eingefunden als sonst bei einem Trainingsrennen: die gesamte Crew von Mallinckroth war anwesend, und vom Immenhof waren Charly, Emmie, Leon und sogar Matz rübergefahren.

Eine Glocke kündigte den baldigen Start an. Cagliostro begann wieder zu tänzeln. Die Pfleger führten die ersten Pferde zum Start, und mehr oder weniger gelassen verschwanden sie nacheinander in den engen Abteilen, die vorne mit Klappen verschlossen waren.

Dann war Cagliostro an der Reihe. Bevor er die Startbox betrat, hob er noch einmal den Kopf und blähte die Nüstern. „Seht her!“, schien er zu sagen. Doch es ruhten ohnehin alle Blicke auf ihm.

Cagliostro war schon halb drin, als das Pferd nebenan stieg. Es rumpelte gegen die hintere Absperrung, die laut schepperte. Der Hengst erschrak und drängte rückwärts.

Ein Raunen ging durch die Zuschauer, wer ein Fernglas hatte, presste es sich vor die Augen, um das Geschehen besser beobachten zu können. Allen stand die gleiche Frage ins Gesicht geschrieben: Fiel der Hengst wieder in sein altes Muster zurück?

Doch Lou ließ sich nicht aus der Ruhe bringen. Sie wartete, bis das letzte Pferd in der Startbox verschwunden war und führte Cagliostro erneut an. Der Jockey tätschelte seinen Hals, Lou murmelte beruhigende Worte. Trotzdem war die Spannung förmlich mit Händen zu greifen. Cagliostro kaute wild auf seinem Gebiss, dass es nur so schäumte. Noch fünf Meter, noch vier, noch drei …

„Geh rein. Geh einfach rein!“, murmelte Mallinckroth beschwörend.

Leon sagte gar nichts. Konzentriert hielt er sein Smartphone auf die Startbox gerichtet. Er durfte den entscheidenden Moment nicht verpassen. Wenige Sekunden später ließ er zufrieden grinsend das Smartphone sinken.

Der Hengst war Lou zum zweiten Mal vertrauensvoll in die Box gefolgt. Eine Helferin schloss hastig die hintere Klappe. Jetzt gab es kein Zurück mehr.

„Sie hat's geschafft. Sie hat's wirklich geschafft." Jubelnd riss Viktor die Faust hoch.

Joe nahm die Zügel auf und zog sich die Schutzbrille über die Augen. Von Cagliostro sah man nur seine tänzelnden Beine und das unruhige Ohrenspiel.

Mallinckroth und Runa schienen mindestens genauso aufgeregt zu sein wie ihr Schützling. Blass und angespannt warteten sie mit ihren Stoppuhren im Anschlag auf das Startsignal.

Geschickt kletterte Lou unter den Klappen hindurch aus der Box und brachte sich hinter dem Zaun in Sicherheit. Keine drei Sekunden später öffneten sich die Startboxen mit einem Knall, und die Pferde jagten los.

Cagliostro hatte einen guten Start erwischt. In großen, gleichmäßige Sprüngen jagte er der Gruppe voraus, seine Hufe trommelten über den Boden und ließen Erde und Gras auf die Verfolger regnen.

Auch nach der ersten Kurve leuchtete Joes pinkfarbenes Trikot weiter an der Spitze. Die Gruppe bog auf die lange Gerade Richtung Tribüne. Die anderen Pferde lagen mittlerweile drei Längen hinter Cagliostro, er hatte einen scheinbar sicheren Vorsprung gewonnen. Seine Nüstern waren weit geöffnet, seine Beine wirbelten im Takt, doch er galoppierte noch nicht am Limit.

Mallinckroth blickte abwechselnd auf seine Stoppuhr und auf Cagliostro. „Gute Zeit. Gute Zeit. Super!“ Ohne es zu merken, begann er auf den Zehenspitzen auf- und abzuwippen, als säße er selbst im Sattel.

Auf der Geraden holten die anderen Pferde etwas auf, denn Joe hielt Cagliostro noch zurück, damit er sich nicht zu früh verausgabte. Doch plötzlich geschah es. Als die anderen auf gleicher Höhe waren, brach der Hengst urplötzlich zur Seite aus und zog raus aus dem Pulk. Er lief jetzt ganz außen, die viel längere Strecke.

„He, was hat er denn?“, schrie Viktor.

Runa ließ das Fernglas sinken und stöhnte. „Er hält die Linie nicht.“

Mallinckroth checkte seine Stoppuhr. Kein Zweifel, Cagliostro fiel zurück.

Gebannt beobachtete Lou ihren Schützling. Joe versuchte, ihn wieder nach innen zu lenken, doch Cagliostro sträubte sich, warf unwillig den Kopf hoch und wehrte sich gegen das Gebiss. Er fiel weiter zurück. Jetzt lag er schon mehrere Längen hinter dem Feld. Lou sah, dass Joe dem Hengst nun die Zügel freigab. Cagliostro wurde wieder schneller, sein Körper streckte sich, das Trommeln seiner Hufe schwoll noch einmal an. Er gab alles, was er hatte, das spürte Lou so deutlich, als würde sie mit ihm dahinjagen. Doch es war zu spät, die anderen waren schon fast im Ziel. Lous Schultern sackten nach unten.

Frustriert schüttelte Mallinckroth den Kopf. „Vorbei! Das kann er nicht mehr aufholen."

Und so war es auch. Abgeschlagen lief Cagliostro als Letzter über die Ziellinie.

Am Abend, als alle Zuschauer verschwunden waren und es ruhig in den Stallungen wurde, zog Lou sich mit Cagliostro in die Reithalle zurück. Sein Verhalten heute beim Testrennen ließ ihr keine Ruhe. Es musste einen Grund dafür geben, dass er so plötzlich ausgebrochen war. Pferde taten nichts ohne Grund.

Ganz frei stand der Hengst im Sand der Reitbahn und sah sie aus seinen dunklen Augen an. Lou war dicht neben ihn, berührte ihn aber nicht. Ihr Blick strich sanft über den Pferdekörper, bevor er sich in die Augen des Hengstes versenkte. Lou wurde innerlich ganz ruhig, während ihre Gedanken immer tiefer in die Seele des Hengstes tauchten. Sie spürte seinen Herzschlag, jedes Zucken seiner Muskeln.

„Was ist passiert?", fragte sie, ohne die Worte auszusprechen.

Cagliostro sah sie unverwandt an, in seinen Augen spiegelte sich das, was ihm Angst machte. Und plötzlich verstand Lou. Zwei andere Pferde hatten ihn während des Rennens bedrängt, hatten ihn rechts und links eingezwängt, waren immer näher gerückt. Die Jockeys hatten ihre Peitschen dicht vor seinen Augen auf und ab sausen lassen. Cagliostro war in Panik geraten. Mit einem Haken zur Seite hatte er sich befreien wollen.

Lou streichelte beruhigend über Cagliostros Fell. Der Hengst hatte angefangen zu schwitzen, obwohl er nach wie vor unbeweglich dastand. Lou verstand, dass sie ihm noch einmal helfen musste. Diesmal waren es keine Wände und Gitter, vor denen er sich fürchtete, sondern die erdrückende Nähe anderer Pferde. Aber Lou hatte schon eine Idee …

Am nächsten Tag fragte sie ein paar Bereiter von Mallinckroth, ob sie ihr mit Cagliostro helfen würden. Sven, der bisher voll auf Runas Seite gestanden hatte, war offensichtlich immer noch beeindruckt von Lous Arbeit und willigte sofort ein. Auch Joe wollte mitmachen. Lou wies ihn an, Holly zu satteln. Wenn es ein Pferd gab, dem Cagliostro vertraute, dann war es die braune Stute. Sie würde ihn hoffentlich davon überzeugen, dass ihm von anderen Pferden keine Gefahr drohte.

Lou selbst wollte Cagliostro reiten. Nur so konnte sie spüren, was in ihm vorging.

Zu dritt gingen sie in die Reithalle und begannen die Pferde aufzuwärmen, erst im Schritt, dann im Trab. Schon bald ließ Cagliostro den Hals fallen und schnaubte entspannt.

Es ging los. Lou bog auf die Mittellinie ab. Von rechts ritt Sven neben sie, von links Joe auf Holly. Lou spürte, wie der Hengst sich anspannte, er wollte losstürmen. Beruhigend strich Lou ihm über den Hals, gab den beiden ein Zeichen, die Pferde abzuwenden und ritt die Bahn zu Ende.

Nach einer Entspannungsrunde begann das gleiche Spiel von vorn. Mit jedem Durchlauf wurde der Hengst sicherer. Er merkte, dass die anderen Vierbeiner harmlos waren, selbst wenn sie fast seine Schultern und Flanken berührten. Am Ende konnten sie eine ganze Bahn dicht zu dritt nebeneinander reiten, und Cagliostro blieb ruhig.

Als Nächstes wollte Lou den Hengst mit flatternden Dingen vertraut machen. Sie rutschte von seinem Rücken und führte ihn zu einem Vorhang aus bunten Bändern, den sie vom Immenhof mitgebracht hatte. Zuerst beäugte Cagliostro die Flatterbänder misstrauisch und wollte nicht mal seine Nase hindurchstrecken. Aber schon nach wenigen Minuten begriff er, dass die Plastikstreifen nur leicht über seinen Körper strichen und nichts dabei passierte.

„Fein, super", lobte Lou ihn, als er schließlich sogar im Trab mit ihr durch den Flattervorhang lief.

Zum Schluss des Trainings nahm Joe eine Gerte, wedelte sie zunächst sachte, dann heftiger neben Cagliostro durch die Luft. Der Hengst schielte auf den Stock, wich zurück, doch auch hier überwand er bald seine Furcht und blieb gelassen stehen.

Endlich beschloss Lou, dass es genug war. Cagliostro hatte heute eine große Portion Selbstvertrauen gewonnen. Er war bereit. Für das Derby – und das Leben überhaupt.

Der silberne Transporter, der Cagliostro nach München bringen sollte, parkte in der Morgensonne vor dem Rennstall. Daneben warteten Mallinckroth, Viktor, Runa und Joe, alle mit etwas angespannten Gesichtern.

Lou trat mit dem Hengst am Führseil aus dem Stall. Cagliostros Fell war auf Hochglanz poliert, es schimmerte in der Sonne wie schwarzer Samt. Entspannt lief er hinter Lou her.

„Wie geht es ihm heute?", rief Mallinckroth ihr entgegen.

Lou war seit sechs Uhr morgens bei Cagliostro gewesen, hatte ihn in aller Ruhe gefüttert und geputzt. „Er ist ruhig und selbstbewusst", sagte sie lächelnd. „So wie es sich für ein gutes Rennpferd gehört."

In der Tat. Ohne das kleinste Zeichen von Aufregung folgte ihr der Hengst in den Anhänger. Ein erleichtertes Seufzen ging durch die Zuschauer.

„Gut, dann fahren wir jetzt los", sagte Mallinckroth, der immer noch überrascht wirkte, dass es diesmal keine Probleme gegeben hatte.

# Kapitel 26

Nachdem der Transporter vom Hof gerollt war, ging Lou zurück in den Stall, um Holly zu holen. Mallinckroth hatte ihr freigestellt, die Stute gleich mitzunehmen. Das ließ Lou sich natürlich nicht zweimal sagen.

Sie drückte ihr Gesicht an die kühlen Gitterstäbe und spähte in die großzügige, dick eingestreute Box. Holly stand in der Ecke und sah aus dem Fenster, als würde sie über etwas nachdenken. Oder hatte sie Cagliostro davonfahren sehen?

Lou öffnete die Boxentür. „Komm, wir gehen nach Hause!“, sagte sie zärtlich. Ihr Herz fühlte sich plötzlich federleicht an.

Doch Holly reagierte nicht. Mit dem Gesicht zur

Wand blieb sie unbeweglich stehen. Seltsam. War sie krank? Langsam ging Lou näher und strich über ihre Kruppe. „Hey, was ist?“, fragte sie leise. „Freust du dich denn gar nicht?“ Ihr Blick wanderte von Hollys Kopf über ihren Hals, ihren Bauch. Plötzlich stockte Lou. Nein, das konnte nicht sein! Und doch, für ihr Verhalten gab es nur eine vernünftige Erklärung. Und die war fast zu schön, um wahr zu sein: Holly war trächtig. Sie bekam ein Fohlen! Das war unglaublich!

Eine Erinnerung blitzte in Lou auf. Holly und Cagliostro, in vollkommener Harmonie zusammen auf der Immenhof-Weide. Sicher nicht länger als zehn Minuten, aber das hatte offenbar gereicht.

Überwältigt streichelte Lou den sanft gerundeten Bauch und drückte ihr Gesicht in das weiche Fell der Stute. Mit einem Mal ergab alles einen Sinn, fügte sich zu einem wunderschönen Bild zusammen. Warmes, prickelndes Glück breitete sich in ihrem Inneren aus.

Sie halfterte Holly auf und führte sie hinaus. Im goldenen Licht der Sonne machten sie sich auf den Heimweg, zurück zu ihrem geliebten Immenhof.

Charlys gigantisches Meerpferd war immer noch nicht ganz vollendet. In seinem Rumpf gähnten noch Löcher, die mit Metallplatten verschlossen werden mussten. Die Zeit drängte, morgen endete die Bewerbungsfrist.

Gestresst blickte Charly alle fünf Minuten auf die Uhr. Gestern war ihr siedend hieß eingefallen, dass auch noch sämtliche Unterlagen fehlten: Formulare, Anschreiben, Fotos.

Lou, Emmie, Matz und Leon hatten sich bereit erklärt zu helfen. Ohne sich von Charlys Nervosität anstecken zu lassen, werkelten die Hobby-Bildhauer lachend und scherzend an der Statue herum. Emmie reichte Schraubendreher in allen Größen hoch, und Matz und Leon befestigten die Platten fachgerecht.

Zu fünft kamen sie schnell voran. Zum Schluss musste Charly nur noch die überstehenden Ränder abflexen und raue Kanten glätten.

Leon schnappte sich sein Smartphone und begann das fertige Werk zu fotografieren, zusammen mit der etwas erschöpften Charly in ihrer Arbeitsmontur.

Stolz klatschten sich die Helfer anschließend ab und umarmten sich. Es war das erste Mal, dass ein

Kunstwerk von Charly rechtzeitig fertig geworden war. Ein gutes Omen, fanden sie.

„Aber ich muss noch die Bewerbung, Bilder und Pläne hochladen“, rief Charly in den allgemeinen Freudentaumel und wühlte durch ihre ohnehin schon zerstörte Frisur.

Leon winkte ab. „Alles schon passiert. Es fehlen nur noch die Bilder.“

Am Nachmittag trafen sie sich am hübsch gedeckten Tisch auf der Terrasse, um endlich all die tollen Neuigkeiten zu feiern. Charly hatte einen duftenden Apfelkuchen gebacken und Kaffee und Tee gekocht.

Leon holte seinen Laptop und begann die Bilder für Charlys Bewerbung hochzuladen. Der Ladebalken zeigte gnadenlos die verbleibende Restzeit an: exakt 340 Stunden, umgerechnet etwas über zwei Wochen.

„Komm, Alter, nicht schon wieder!“, rief Leon und rüttelte am Display. Das verlängerte die Ladezeit um weitere zwei Stunden. Leon stöhnte. Ihm war klar, dass er nachher noch in die Stadt fahren und nach einem Hotspot suchen musste. Er konnte Charlys Bewerbung ja nicht in letzter Minute noch platzen lassen.

Lou musterte ihn aus dem Augenwinkel. Morgen schon würde Leon abreisen. Diese Tatsache hatte sie in den letzten Tagen erfolgreich verdrängt, aber langsam konnte sie nicht mehr so tun, als ob der Abschied noch meilenweit entfernt wäre. Eine Frage hatte sie ihm immer noch nicht gestellt.

„Wenn du in Berlin bist, kommst du uns dann besuchen? Irgendwann?“ Ihre Stimme klang ungewohnt piepsig.

Leon sah nur kurz auf. „Was für eine Frage!“

Lou guckte verwirrt.

Was hieß das: Ja, klar? Oder: Nein, natürlich nicht?

Aber bevor sie nachfragen konnte, brachte Emmie ein Tablett mit einer Sekt- und einer Orangensaftflasche. Sie wollten auf Cagliostros erstes Rennen und natürlich auf das Fohlen anstoßen. Hinter ihr folgte Charly mit den guten Sektgläsern von Oma. Aber noch bevor sie den ersten Tropfen eingeschenkt hatte, erschien ein weiterer Gast auf ihrer Mini-Party: Rudolf Grunert. Voller Elan, immer zwei Stufen auf einmal nehmend, sprang er die Treppe zur Terrasse hoch. Er winkte wild mit beiden Armen wie ein Fluglotse, der einen Jumbo einparken wollte.

„Da kann’s einer kaum erwarten, bis das Fohlen da ist“, stellte Leon grinsend fest.

Emmie warf Lou einen vielsagenden Blick zu. „Da ist er nicht allein.“ Lou hatte ihr gestern Abend ungefähr zwei Stunden lang bis ins kleinste Detail erklärt, was alles zu tun sei, damit es Holly während ihrer Trächtigkeit an nichts fehlte.

„Ich kann’s noch immer nicht glauben!“, rief Grunert und ließ sich auf einen freien Stuhl fallen. Mit einer Hand tastete er in sein Jackett und zog ein längliches Kuvert hervor, das er Charly mit einer eleganten Geste überreichte. Es war die Anzahlung für das ungeborene Fohlen. Grunert wollte anscheinend sichergehen, dass es ihm niemand vor der Nase wegkaufte.

Im selben Moment brummte Leons Smartphone.

„Ist bestimmt wieder diese Runa!“ Emmie kniff die Augen zusammen.

Leon tippte aufs Display. „Stimmt.“ Er sah zu Lou rüber, aber die machte ein Pokerface.

„Allerdings ist die Nachricht nicht für mich, sondern für Lou“, meinte Leon überrascht und begann vorzulesen: „Hallo Lou, wollte dir nur sagen, Cagliostro hat sich mustergültig benommen und ist als Erster durchs Ziel gegangen.“ Grinsend und ein bisschen stolz sah Leon in die Runde. Ganz unbeteiligt war er daran schließlich nicht!

„Das war so was von klar“, meinte Emmie, aber auch sie sah aus, als würde sie vor Stolz gleich platzen.

„Die werden euch jetzt die Bude einrennen, Lou!“, warf Grunert ein. „Verlass dich drauf.“

Bei seinen Worten kribbelte es plötzlich in Lous Bauch. Hatten sie es geschafft? Würden bald tatsächlich viele neue Kunden mit ihren Pferden kommen, um bei ihr, Lou, Rat zu holen? So wie einst bei ihrem Vater?

Charly hatte das Kuvert geöffnet und zog ein Geldbündel daraus hervor. Es bestand aus ziemlich vielen Scheinen mit ziemlich vielen Nullen. Charly schnappte nach Luft. „Aber das ist ja viel zu viel!“

Grunert strahlte, als würde es ihm Freude bereiten, das Geld mit vollen Händen zum Fenster rauszuwerfen. „Aufgrund des berühmten Vaters hab ich noch was draufgelegt!“, sagte er lässig. Es schien ihm nicht besonders wehzutun.

Charly begann zu zählen, kam durcheinander, ließ die Scheine sinken. „Oh mein Gott“, sagte sie leise. „Ich kann’s nicht fassen. Danke! Vielen Dank.“ Wenn sie es richtig überschlagen hatte, würde der

Betrag reichen, um den Kredit komplett zurückzuzahlen.

Als Lou in die strahlenden Augen ihrer Schwester blickte, wurde ihr ganz schummrig zumute. Gab es so viel Glück wirklich? Sie kniff sich einmal fest in den Arm. Autsch, ja, tat weh. In den letzten Tagen hatte ihr Leben erst eine rasante Talfahrt hingelegt, bevor es plötzlich wieder steil bergauf ging. Aber Lou wusste, dass es dafür mehr als Glück gebraucht hatte. Sie hatte sich ihren Selbstzweifeln gestellt – und sich und allen anderen bewiesen, dass die Fußstapfen ihres Vaters ihr passten. Das – und der Zufall – hatten Immenhof schließlich gerettet! Als diese Erkenntnis in Lous Bewusstsein sickerte, wurden ihre Knie weich, sie kippte zurück auf ihren Stuhl. Sie durften in ihrem Zuhause bleiben. Genauso wie alle Tiere. Holly war zurück. Und bald würden sie ein Fohlen haben. Alles war einfach unglaublich wunderbar. Nur ein winziges Wölkchen namens „Leon“ trübte die fast perfekte Sommeridylle.

Pünktlich zur Mittagszeit stand Leon am Tag drauf mit gepackten Taschen auf dem Hof. Das Verabschiedungskomitee war übersichtlich: Charly und Emmie – und Krümel, die eilig über den Hof getrippelt kam, als sie ihren Lieblingsmenschen erspähte.

Von Lou war weit und breit nichts zu sehen.

Leon wollte schon zu Charlys Wagen marschieren, um sein Gepäck im Kofferraum zu verstauen, doch Charly deutete auf den Pick-up. „Wir dachten, du sollst ihn behalten!"

Überrascht sah Leon sie an. „Echt?"

Charly nickte lächelnd. „Den hast du dir verdient."

„Hey, das ist mega! Danke!" Ohne Umstände riss Leon die Fahrertür auf und warf Rucksack, Tasche und Skateboard hinein. Dann blickte er sich unauffällig um, aber Lou blieb unsichtbar. Leise Enttäuschung stieg in ihm auf, doch er versuchte, sich nichts anmerken zu lassen.

„Fahr vorsichtig!" Charly umarmte ihn.

„Und vor allem fahr kein Pferd um!", kicherte Emmie.

Auffordernd stupste Krümel ihn mit dem Maul an. Er ging vor ihr in die Hocke, kraulte ihre dicke Ponymähne und sah ihr tief in die Augen. „Du wirst mir fehlen, Quälgeist."

Krümel antwortete mit einem bekümmerten Schnauben.

„Wo bleibt Lou nur?“ Nervös hüpfte Emmie von einem Bein auf das andere.

Seufzend legte Charly den Arm um ihre kleine Schwester. „Lou war noch nie gut darin, Abschied zu nehmen“, erklärte sie und sah dabei vor allem Leon an. „Noch etwas, das sie mit Papa gemeinsam hat.“

Emmie lief noch einmal zu Leon und drückte ihn fest, als wollte sie ihn trösten.

Lächelnd beobachtete Charly die beiden. Für eine Sekunde dachte sie an Leons Start auf dem Immenhof zurück. Tja. Sie hätte nicht gedacht, dass der dauergrinsende Womanizer doch so gut anpacken konnte.

„Lass mal was hören“, meinte sie.

Leon lächelte. „Klar, du auch! Will doch wissen, ob's dein Trojanischer Gaul bis nach Berlin schafft.“ Er steckte Krümel den letzten Keks zu, den er in seiner Hosentasche fand, und sah sich noch einmal um.

Aber Lou hatte offensichtlich beschlossen, den Abschied ausfallen zu lassen. Schulterzuckend kletterte er hinters Steuer und schlug die Tür zu. Der Motor sprang beim ersten Versuch an, und hupend rollte Leon vom Hof. Er winkte aus dem Seitenfenster, bis er Emmie und Charly im Rückspiegel nicht mehr sehen konnte.

Vorsichtig steuerte er über die schmale Zufahrtsstraße mit den unzähligen Schlaglöchern. Anfangs hatte er sich hier gefühlt wie irgendwo im Nirgendwo. Und jetzt war der Immenhof fast ein Zuhause geworden. Auch wegen Lou. Sein Blick wanderte über die riesigen Koppeln rechts von der Straße, auf denen weit verstreut die Immenhof-Pferde grasten.

Und dann entdeckte er Lou. Weit hinten auf der Koppel blickte sie von Hollys Rücken aus unverwandt zu ihm herüber.

Leon lächelte. Jetzt galoppierte sie los, kam heran, jagte neben dem Wagen her. Als sie auf gleicher Höhe waren, trafen sich ihre Blicke. Leon hob die Hand.

„Ich komme wieder!“, flüsterte er.

Lou hatte ihn offenbar trotz des Motorenlärms verstanden. Ein glückliches Lächeln huschte über ihr Gesicht.

Sie parierte Holly durch, und die Stute fiel in den Trab, bevor sie schließlich anhielt. Aufrecht wie eine Amazone saß Lou auf dem Pferderücken, ihr Blick ließ den Pick-up nicht los. Eine Staubwolke hinter sich herziehend, rollte er auf den gleißenden, unendlich scheinenden Horizont zu. Es fühlte sich an, als würde ein Teil ihres Herzens mit Leon wegfahren. Würden sie sich wirklich wiedersehen?

*Ende*